巴瓏

木心作品集

2009年聖誕節（鄭陽／攝）

巴瓏在我家

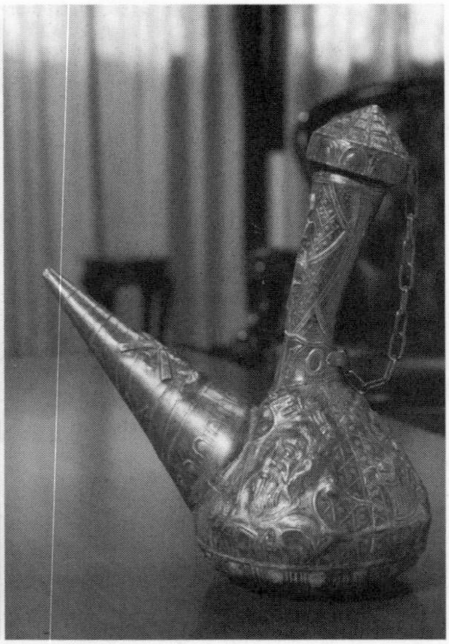

西班牙馬德里的酒壺

I

你記起了永恆的雨々里
你記起了島上的自然物
迷迭香芬芳
梅利々蜂·蜂蜜滋味
怎樣在烯納，黃五月的風
吹得麥穗陣陣翻浪
你想起了錫拉庫扎周圍的古迹
也想起巴勒莫，六月
某些夕陽西下的天色
也曾彌漫柑橘花的好意
還想去斯特拉馬雷海灣
迷人夏夜，沉靜的海味看滿天星斗
仰臥在乳香黃連木叢中
一個靈魂遲遲不歸來
肉體都緊張如雲石雕像
以知魔鬼正步步逼近
回答，吾愛，你必先魔鬼而至

手跡

編輯弁言

木心的文章總是空襲式的，上世紀八〇年代他的《瓊美卡隨想錄》、《溫莎墓園》、《即興判斷》……曾那樣空襲過台灣不同世代即使最挑剔的讀者。一如葉公好龍，神龍驟臨，讓我們驚駭、感激、困惑、羞慚……像舉手遮眉抬頭望向天際，這些穿透二十世紀的文明劫滅或藝術心靈墮壞的灰色長空，如自在飛花，卻又如旋風如光燄爆炸的詩句，究竟從何而來？

他像是來自遙遠古代的墜落神祇——在某個意義上說，木心的那個世界，那個精緻的、熠熠為光的、愛智的、澹泊卻又為美為精神性叩問而騷亂的世界，在他展開他那淡泊、旖旎的文字卷軸時，早已崩毀覆滅，「世界早已精緻得只等毀滅」——他像一個孤證，像空谷跫音，像一個「原本該如是美麗的文明」之人質。有時悲哀沉思，有時誠懇發脾氣；有時嘿笑如惡童，有時演奏起那絕美故事，銷魂忘我；有時險峻刻誚，有時傷懷綿綿。

我們閱讀木心，他的散文、小說、詩、俳句、札記，如織如梭，難免被他那不可思議廣闊的心靈幅展而顫慄。我們為其全景自由的洞見而激動而豔羨，為其風骨儀態而拜倒而自愧。他是結結實實的懷疑主義者；他博學狡猾如狐狸，冷眼人世，似與老莊、希臘賢哲、魏晉文士、蒙田、尼采、龐德、波赫士……在一穿過人類文明曠野的馬車，蹦跳恣笑、噴煙吐霧；卻又古典柔慈在童年庭園中，以他超前二十世紀之新，將那裏脅著悠緩人情，戰爭離亂，文明劫毀之前的長夜，某些哲人如檻中困獸負手踱室，卻一臉煥然的光景，像煙火燒燎成一個個花團錦簇的夢。

此次印刻出版社推出之「木心作品集」，是目前為止海峽兩岸木心文集最完整之版本，其中《詩經演》一部，應可一慰讀者渴慕之情。哲人已逝，這整套「木心作品集」的面世，對我們或如漫遊一整座諸神棲止的嚥語森林，一部二十世紀心靈文明墮敗與掙跳，全景幻燈，摺藏隱喻於他翩翩詩句中的整齣《紅樓夢》。

目錄

巴壠

下班後不急於回家的便是男人
公爵哪，就這兒，就 Beer
魚、蝦、烏賊、響螺、小螃蟹
香腸、醃肉、燻肋、鹵豬雜
上帝保佑啤酒桶永遠木製永遠笨相
巴壠是玻璃的，圓肚細頸長長尖嘴
執細頸舉而傾之，酒出如幽泉

仰面張口接飲，遞來復遞去
公爵自覺髭唇觸及Parron了
即取白帕拭淨，道歉，雙手捧給我
奏樂，唱，可扭的東西都劇烈扭
一千五百餘家小酒店夜夜馬德里
狹街窄巷多轉折，背影消失得快
青石板塊塊沾野史，涼雨滌著淤血
跳舞鬥牛騎士畫師底裡全是假
晃來蕩去的外國遊客一身全是蠢貨
西班牙天生白牆黑瓦，腓尼基迦太基
霎時船呀炮呀詐呀擄呀金銀貼地爭飛
到如今酒是便宜人是疏懶午間偷情是長
海盜兒孫只落得站著玩玩吃角子老虎

既然羅馬會完，世界也要完
Cervntes 認為弓不能一逕彎著勿弛
脆弱的人心難免要有些合法的娛樂
要不是聽說過愛情，多少人會知道愛情
公爵哪，背著這把年紀，重新拋頭露面
按照老 Vega 的意思，燈芯草般的身世
也可隨鐵匠的女兒一同帶進劇本裡
十二張紙正好配上時間和觀眾的耐性
在這寒暑均烈的柏立安半島上
回教們基督教們從來軟語商量不定
夜雨瀟瀟，到了只剩神話還像話的地步
半人馬就是最精良的私車——我們慢慢走
是，十九歲這個年齡是再好不過的了

我在直布羅陀當水手，您在哪裡

一九八八

白夜非夜

童年魚肝油瓶貼上
初識的北歐羅巴啊
會了面，才知也有汙染
也有塗鴉，離婚
城市治安大不如前
仍見雨中蘑菇似的凝視
仍見午後風車似的招呼

夕照磐石似的微笑仍見
電壓二二〇，浴盆廣而深
旅館的房門有門檻，留神
赫辛哥附近，孔波古堡
就是哈姆雷特那一回事
四壁油畫繡幔盾牌徽章
天亦倦於怨，人已不足尤
燦爛地發呆，臺詞早盡
六七月的白夜，中宵
沒有燈亦可讀齊克果傷心篇
哲學總是次要的，鴿灰色的
迷途的羔羊咩咩哀鳴
齊克果一生只去過柏林

丹麥在紀念克里司汀四世
挪威規定白日行車要亮燈
除非卜居斯邦，心也捐了
要麼悲號，要麼歡叫
要麼悲號歡叫一律廢寢
暗綠芬蘭，淡靛冰島
紫的瑞典，褐的挪威
丹麥黃白黑，宛如那場
尼采與勃萊兌斯的蒸蒸友情
暴風雨中的搖籃曲已告寂靜

一九八八

羅馬停雲

從前詩人羅馬多
賀拉士，最快樂
著名的朋友處處有
維琪爾紹介了瑪西那斯
豪富而高權的當朝寵貴
贈一注禮物給賀拉士
離羅馬三十里的小田園

安居下來，簡樸地生活
靜觀著羅馬在身旁駸駸而過
時常做些詩，種植畦圃
偶有朋友暫棄塵囂，與他同住幾天
都是炎炎名將大臣，此刻涼下來
賀拉士提點兒忠告、直諫
至今也還是全體人類的金箴
他的福音在於自制、知足
合理地爭勝，設法保持怡悅
你也拋掉羅馬的饗宴、溽暑
到水草清倩的鄉間來罷
即使昨天不算，他說
今天可是我自己的主宰

有人抱怨賀拉士一味平凡
他的平凡為每個朝代所難得
有人太息賀拉士規避生命
何不說是他僶勉了爾等
莫讓生命帶走我們絕妙的自己
生命把歡喜和上進的能力帶走了
我們才兩手空空，無辭以對
昆特・賀拉士・弗拉考斯
逢到又虛弱又不安的難挨時刻
他走近來，數句溫潤機智的話
解去你作繭自縛的心情
英雄的偉蹟，是維琪爾的事
洛克里托斯呈說宇宙神奇

運命，際遇，世道險惡
全歸蘇福克里斯等三位料理
賀拉士是你肩旁沉靜寡言的參謀
唯有見到他的話有益，他才啟齒
這樣柔和的手，探測每個傷口
受創者微笑著，賀拉士呀

一九八八

東京淫祠

陽春看花時節
午前的晴天到得午後
必定颳起風來
要不傍晚就下雨
黃梅期間毋庸說了
入夏，大雨隨時沛然而至
我穿著日和下駄拿著蝙蝠傘

東京的天氣實在沒有信用
我喜歡行向市中的廢址
景色平凡得只夠單身漢的興致
例如右邊為炮兵工廠磚牆所限
小石川的富坂，剛要走完
左側有一條溝渠流下去了
朝著蒟蒻閻魔的小胡同
兩旁屋舍低得像撲在地上
路也隨便彎來彎去
有幾處飄著冰食的幌子
住家是裁縫，烤白薯，紮燈籠
水潭連水潭，映得天光散亂
這樣地我曳著日和下駄慢行

從古到今淫祠未受官家庇護
讓它在那裡，就算寬大看待
弄得不巧往往就拆除個乾淨
東京的小胡同淫祠還數不清
本所深川一帶河流的橋畔
麻布芝區極陡的土坡下
繁華地段庫房間，多寺院街拐角
小小的祠，不蔽風雨的石地藏啊
每過一些時候就有人來掛上匾額
奉獻手帕，焚香叩首，站在那裡久久
現代教育把日本人唆成巨奸大猾
這點兒愚昧還趕不及如數褫奪
在碎損的地藏尊的脖子上添圍巾

女兒去當藝妓自己去做俠盜也未可知
敬業於夢想銀會和彩票的鴻運
將旁人的隱私投到報紙上
藉口天道正義來敲竹槓，這些玩意兒
這類文明武器使用法他們尚欠精通
只曉得歡喜天要供油炸饅頭
對大黑天，奉的是雙叉蘿蔔
稻荷神，看取油豆腐，新氽的
芝區日蔭町的稻荷神獨鍾鯖魚
在駒入地方又有沙鍋地藏
祈禱醫治頭疼，病好了就還願
將一沙鍋置於地藏菩薩的頭頂
御廄河岸的榧寺有專止牙痛的吃糖地藏

嗜鹽的地藏端坐金龍山的廟內
小石川富坂的源覺寺的閻魔王歆享蒟蒻
大久保百人町的鬼王能療疥癬，只收豆腐
向島弘福寺石頭老婆婆人家都送炒蠶豆
求她免除小兒的百日咳、夜啼、溏便
我也貪看社廟滑稽戲以及丑男子舞
細猜匾額上狡獪的斑斕謎畫
都有效使我酸楚地得到茫茫的慰安
終年多濕的東京天氣實在是不講信用
蝙蝠傘日和下馱成為必備的身外之物
午前的晴天午後兩三句鐘颳風了
傍晚雨中的小胡同的淫祠就只這點淫

本篇每擷永井荷風散文句，但為詩故沉吟久之。

一九八八

倫敦街聲

六十年前在倫敦說起倫敦
我喜歡愛迪生的那個時候
半夜被斯文的叩門聲擾醒
更夫嚶嚶然報告準確時刻
街上響著他的鈴鐸漸遠了
洛傑卡佛萊勳爵自莊園來
（烏司德郡路徑蒼翠原野寂靜）

既至倫敦，他說起初一星期
腦縫中全是街上的各種呼聲
維爾漢尼埜卻道，正相反
相反，他覺得街聲好聽
比百靈和夜鶯的飜叫還好聽
倫敦街聲那時候分兩種
聲樂、器樂包括敲炒鍋打煎盤
人人處處朝朝暮暮敲敲打打
閹豬者吹的是畫角，難得的
街上並沒有太多要閹的東西
憑天賦嗓子者真正優秀哪
賣牛奶的叫聲尖，尖得酷烈
會使善感的人滿口牙齒發痠

捅煙囪的音階跨度之大呵
從絕頂高銳，層層落到最低鈍
別的佳評可用到賣碎煤的身上
更不說搜破玻璃和磚屑的了
箍桶匠吆喊到末腳作一個悶喝
曳著悲哀莊嚴的調門的是椅子要修嗎
（不知何故令我怡然憂悒起來）
一年中必有醃黃瓜小脆瓜上市
可惜呀，十二個月只有兩個月聽得到
如果天不作美一個月後就寥落下去
這許多呼聲大抵不易辨別
鄉村來的孩童踅出門戶張張望望
向修風箱的買蘋果，問磨刀剪的要薑餅

像我那樣無意而有心諦聆，也難推斷
例如，啊，有工我來做喲
誰知他是補牆的呢推磨的呢
還有些人，就說鬆軟可口蓬蓬酥吧
香粉沃特的貨郎也夠聰明
都已把祖傳的叫嘐改編為如歌的行板
賣報的天天有驚人消息
那邊法國人的一點點動向
這邊聽起來已經兵臨城下
然而要論女皇安尼朝那光景
有人全不理會倫敦街上的音樂
曾聽說這樣一位賢明紳士
他拿錢給那紙牌算命的卜者

請他莫再到此條街上來叫喊
明天一早，所有倫敦的卜者
都嘹亮地徐徐行過紳士的家門
愛迪生時代的倫敦就這樣
（充其量一八四七年到一九三一年）

參自約瑟夫・艾地生（Joseph Addison）的一封信

一九八九

我輩的雨

答柳田國男君

驛夫用了清晨的聲音
連連喚著，車輪轉著
一路全無記憶的站名
可知還未行近三原絲崎
揭高簾子，隔著三町路
暗綠的山林顯然茂密了

下著像我們小時候的雨
長長直直銀灰的，畫也畫得出
說雨也有朝代未免可笑
實在因為山圍著，又沒風
在東京等地見不到的呵
木柵外，兩片田塍
再過去是中等模樣的農家
板廊上三個小孩
顯出玩夠了的神色
坐著，看這邊的火車
火車過後看什麼呢
我的老家是小茅草頂房子
杉樹皮作屋簷，板廊很高

高了，說對小孩有危險
用渾圓的粗竹做扶欄
又將竹水霤掛在外簷下
看雨的樂趣不就減少了嗎
直到那年份，普通人家
屋簷下都沒有竹霤的
泥地面水滴成窪，排列著
靜等，雨一來都是小池潭
細的沙磧濺聚在旁邊
我們那時候以為水泡便叫簷霤
下雨的日子，村裡走走，都唱
簷霤呀，做新娘吧
衣櫥梳箱買給你啦

小孩見兩個水泡挨在一起
就這樣凝視著，唱著
一個水泡忽然破滅
小些是新娘，新郎大些
下雨日子伏在板廊的欄杆上
我們唱，許多新娘新郎破滅
許許多多水泡泛起，挨近
銀灰的長長直直的雨畫也畫得出
山圍著，又沒風，我們年紀小

一九八九

夏末致 Pushkin

時光在歡樂和憂愁中流逝
已是八月
奧瀘炸魚餐館後面的田野
歪歪扭扭三行篷車
雞籠般的小車
叫作活動房屋的大車
田野盡頭，一堆疹子似的帳棚

傾斜的籬邊可避風
天氣好
年輕遊客紛紛擁入舞廳
很多人排隊等炸魚
別以為成了繁華勝地
初夏
除卻週末不見有誰來
潮水所及的最高點
一條廢物羅列的大曲線
乾海草，貝殼，木塞
沾著鹽花的棍棒
它們沿英格蘭蘇格蘭威爾斯
整整繞了個大弧

每隔十二小時
海進來檢查分界線
弄直了這裡，弄彎了那裡
也只是夏天如此認真
冬季怒濤滾滾
飄浮什物捲進內陸
似乎已是另外一回事
眼看八月將盡
獨自越過分界線向海水步步走去
回望雜亂無章的村舍，沙丘
歡樂和憂愁，時光流逝

一九九一

從薄伽丘的後園望去

柏林牆拆毀有感

從薄伽丘的後園
便可望見文藝復興已隱現在
花市情人們的決心裡
立志不再屈辱於黑暗愚昧
用官能的新法，去抵觸，反抗
南歐北歐，都一樣

為了忘卻和修復
忘卻業經身受的罪惡
修復中古人破碎的心
一個貴女辯解道

我，我們這樣躲到鄉間來
在此地可以聽到鳥的叫聲
看見綠的山野，海浪般湧動的麥田
深深淺淺各色喬木灌木
我們又可以遠眺廣袤的天空
難道，難道不勝過汙穢的街道
陰悶的斗室，荒涼的城堡
正是這樣，薄伽丘，妥瑪肯比斯
都想從自己內心起

憑藉與天主的神交
整合普遭淩遲的精魂
知道花市情人們都下了決心
其實自己先下了決心
在後園，踮足引頸，已望見「再生」

一九八九

蘭佩杜薩之晛

I

談起了永恆的西西里
談起了島上的自然物
迷迭香芬芳
梅利利城蜂蜜滋味

怎樣在埃納，賞五月的風
吹得麥穗陣陣翻浪
談起了錫拉庫扎周圍的古蹟
也談起巴勒莫，六月
某些夕陽西下的天色
空中彌漫柑橘花的好意
還談卡斯特拉馬雷海灣
迷人夏夜，沉靜的海映滿星斗
仰臥在乳馨黃連木叢中
一任靈魂逍遙不歸
肉體卻緊張如雲石雕像
明知魔鬼正步步逼近
而你，吾愛，你必先魔鬼而至

II

像往常一樣
夜晚出去散步
沿伯苛大街而向西
穿過威武的維托里奧廣場
河邊，奔騰的水，近處的山丘
春天來了，壓抑後激蕩的季節
岸上第一批丁香花，草叢多潮濕呀
大量海藻長出來
月明如晝，魚群嬉戲水面
這些都不是為希臘文考試不及格的人而設

不能表明你知道所有希臘文的
不規則動詞的祈使式是怎樣在變位
那就糟，你對希臘的現狀熟悉
你熟悉的並不是希臘人的文化
卻是他們的動物本能
我們下去划船吧
海水的顏色多像孔雀毛

意大利的朱塞培・托馬西・迪・蘭佩杜薩（Giuseppe Temasi di Lampedusa），出身沒落貴族家庭，第一次世界大戰期間為陸軍軍官，一九二五年退伍，從此僑居國外，以此表示蔑視法西斯政權。第二次大戰後他有了寫小說的念頭，三年內成長篇一部，短篇數個，就溘然永逝。評論家為之定位於當代最偉大作家之列。著名短篇〈Lighea〉是介乎現實和超現實之間的小說，憤世嫉俗，弧芳自賞，蓋與中國的末代飄零王孫，境界頗為相似，貴族到了沒落階段，益發顯得貴，因而愈見其淒涼沒落。日昨重閱《莉海婭》，覺得有些詩意夾在小說中很委屈似的，便挑出來試加湊泊，所費一夜晚，我想是值得的。並非自己喜歡這兩首詩，只以為，這是兩首詩。尤以第二首的後半，寫的時候很愜意，可惜短，是無法長的，一長就要遭繆斯的白眼，我怎敢惹惱她。

一九九一

聖彼得堡復名

像一九一七年底
彼得堡店鋪櫥窗裡
那塊腐敗的蛋糕
難得固然是難得
算什麼呢
其時，這批會生活的俄國佬
手製出特種小火爐來

諢名「細蜜蜂」
講究些的竟也能焙烤
咖啡渣做的薄餅，甚至魚餅
還有叫作「霎眼者」的燈
一個鐵皮罐子
盛了葵籽油，安上紗芯
就此得到半壁慘澹的光
而今一九九一年十月
撩起這類事，才真有點兒意思
噢噢，戰神廣場，天鵝橋
夏花園，洶湧墨黑的涅瓦河
我的聖彼得堡喲

巴黎暮春淡藍煙霧
香草味的寧靜，憂鬱
溪水淙淙流過街邊
去你媽的
去你媽的愛不愛
做猶太人，做布爾什維克
醃豬肉，燻鰻
泥罏家釀伏特加，雜煮蛋
克魯泡特金想充 Saint Nicholas
鹿橇上裝的是天堂老牌田園夢
一無階級，二無政府
盡是詩，盡是羅曼蒂克的疙瘩
什麼，什麼

基本動力首在對人類的愛
普希金偏心於布加喬夫
司京卡・拉辛，俄國史上
最解風情的一位壯士
拜倫卻眷眄烏克蘭，烏克蘭的
哥薩克軍領袖瑪士帕
噢噢噢，克魯泡特金式的暖房
屠格涅夫型的年輕妻子
暴風雨過去後
小屋簷前一潭陽光閃爍的積水
鷹隼在藍空迴翔悠鳴
櫻桃沉甸甸

伊凡，伊凡
陰霾漂亮的臉
髭鬚是玫瑰色的
聰明絕頂的人才會說
只有非常狂熱非常殘忍的傢伙
方能生出這種玫瑰色的髭鬚
捷克農民在飼養聖誕節吃的鵝時
嘟囔道，最肥一隻要留給俄國人
今年伊凡不再騎坦克來取肥鵝
隨你怎樣說
作為冬季情夫，伊凡是夠味的

一九九一

我勸高斯

頭等艙沉悶
鐵路公司廣告牌
阿爾衛橋
夏蒙尼冬季運動會的招貼
比窗外的海可觀
不像美國那樣一味猛馳

這列車不蔑視慢動作的人
噴氣
吹下棕櫚上的灰塵
冒出碎燼
混入菜園乾糞
探身車窗外
伸手摘花，可能的
計程車司機打盹
大道那頭是賭場
店鋪很漂亮
火車又要半小時後才到
十字路口聯盟咖啡店

樹影搖曳在桌上
其實黃昏了
樂隊奏尼斯嘉年華會會歌
買法國時代報
星期六晚報
橘汁
俄羅斯公主回憶錄
一八九〇年代禮俗多道地
眼前法國人空洞又腐敗
樂隊好哀傷
弄得回旅館也像回家似的

十年前，四月

書店雜貨店關門
東正教教堂上鎖
甜香檳搬入地窖子
等待俄國人再度光臨
我們下個季節就回來
這句話是夢話
從此一去無蹤影

海水豔麗
像童年初見的瑪瑙髓
鄉村咖啡店機動鋼琴錚錚鏦鏦
轉彎
兩旁愈趨黝暗

綠蔭顛連撲向旅館

月亮

高渠廢墟之上

橙紅扁脹的月亮

旅舍後坡有舞會

音樂和月光

那又怎樣呢

臨末的兩個早晨不跟別人在一起

早

不管您有沒有曬斑

昨天為什麼不露面

來這裡多久

沒多久，在外國久，三月初
西西里上岸，慢慢住北移
肺炎，在養病哪
怎麼會的
游泳壞事
哪有這樣的
流行性感冒，自己不知道
可喜歡這裡，這地方
非得喜歡嗎
去年我勸高斯
留一個廚師
一個夥計
一個調酒的

沒賠本
今年生意更好了
你們不住旅舍
我們蓋了房子，在塔姆
為什麼
北部的　都被俄國人英國人看中
我們一半來自熱帶
停，就停在這裡

送別的有
潘狄雷・弗拉斯哥先生
彭奈思夫人
珂林娜・麥東卡・帕希夫人

還有上星期才找到的愛芙玲
其他
蠔夫人
S.肉先生
國籍也不知道

一九九一

海岸陰謀

十年前
四月份英國客人北歸後
就沒什麼了
附近淡漠的平房
旅館頂上望見五里外
康城松林

十來幢古老別墅
粉紅　乳白
最遠紫黛阿爾卑斯山

海岸正面
棕櫚群綠得要發藍
其前，短而耀目的沙灘

水天相接
商船緩緩西行
摩爾山脈低巒蜿蜒公路
汽車喇叭聲
這山脈

才真的隔開了普羅旺斯
三個英國保姆
維多利亞朝的花樣
徐徐織進毛衣裡　襪子裡
淺水帶，孩子追魚
魚不怕
繞孩子的腳急急游
條紋陽傘下虔敬烤肉
香味接著香味
我們以為你也參預陰謀

有個陰謀嗎
艾勃姆斯老太太便是陰謀的化身
上帝
來了很久嗎
才一天
整個夏季都在這裡
你便看到陰謀開展

我說浮臺那邊
浮臺再過去那邊有鯊魚
吃掉從胡昂灣來的
英國艦隊的水手，兩個
天哪

是艦隊拋下的垃圾招引的
我想告誡您
頭一天別把皮膚曬壞
不過這沙灘上規矩也真是的
在索倫多就認出您
還問過櫃檯

正午陽光統占海和天
康城岸起了蜃景
黃紅的帆斜斜駛入
從深青的海推進一條白浪
這廂，陽傘下有些聲色活動
其他平均夢著，凝著

知道什麼時候嗎
一點半
全天中最難挨的一點半
沒紙菸

戴騎師帽
抓著瓶子
幾個小杯
這陽傘到那陽傘
近來了　閉眼
再微啟
兩隻模糊的腿像柱子
柱外，沙色的雲，酷熱蒼穹

我說浮臺再過去那邊
有鯊魚
辨不出誰，腔是牛津腔
英國艦隊的水手，兩個
牠們是艦隊拋下的垃圾
引來的

一九九一

雪掌

再不出去
也許就停了
溫帶的雪
停了便融化
附近櫻、槭、蘋果樹
繁枝積雪如禮儀
雪的恬漠是恣肆的

輕輕率率精巧豪奢
業已飄揚過一夜
仍然彌天而下
晦昧徹敞的氛圍
異乎晨曦暮靄
柔和酥慵，似中魔法
（雪的高潔是諂媚的）
多年未見大片平坦的雪
這 Estates 佈滿樹和屋子
唯教會那廂空廓
兩個士敏土廣場
分處於樓群的前後
我慣從後坡拾級而上

穿出一排灌木林
經過聖瑪利亞的腳下
便是方形的淡灰的廣場
周無草木，終年素淨
未曾遇見僧侶修女
凡屬不可能邂逅人的地域
經過次數多了
儼然自成隱私
一旦遽爾與人相值
驚駭、厭惡、潰敗
可喜這後廣場至今猶是
我的貞吉的私人廣場
（往昔，我有過私人海灘）

前廣場是公共的
禮拜日教友們集散之地
後廣場沒有車轍足跡
白雪使它顯得更寬闊
在中國江南，此名春雪
春雪不足玩，兒童鄙視之
何以北美的春雪滋潤如臘雪
我舉著傘，感到有誰注視
四顧杳無人影
復前行，誠覺有目光射來
收傘，仰望南邊的三層樓
中層的長排大窗的玻璃上
貼著許多小手（竟是Class）

手掌平按玻璃上，五指大張
我把傘充作拄杖
仿照卓別林的步姿
搖搖擺擺橫過雪的廣場
回身揮傘，以示告別
玻璃上的小手們更密了
（孩子的另一隻手也貼上來）
我自己的心中也並未滿足
在雪地上我該彈跳、旋舞
跌倒爬起，這樣三次
可見查理是動輒慷慨
我卻一貫遇事吝嗇

一九九〇

明人秋色

澗上置橋
高壁成城
相圍如一甕
樹色徹上下
波聲為石所迫
人不能細語
桃花方自千仞落

亦作水響
眾山紛紛委於壑
松柏隨山下伏
偃然若荇藻

道有級路
趾斜垂，宛蟻緣
人與雲遇於途
雲不畏人
趾窮，坦平得寺
亭午弄旭
澹似夕照

入丹霞寺
棟宇飄搖
欲及客之身
自此以上
雲霧僦居
冬夏一氣
屋往往不能自堅
晴漾其裡
雲縫其外
上如海
下如天

幻冥一色
心目無主
覺萬丈之下
漠漠送聲

久之
雲動，有頃
後雲追前雲
不及，遂失隊
眾雲乘其罅
繞山左飛
飛失日現
天地定位

下界山爭以青翠供奉
四峰淹然弗起
遠江近河
咸作絲縷白
宿上封寺
雲有去者
星月雍穆
磬聲不壯
又望於郊菴
雲頂一二片定者
的的見縹碧

又望於道中
群嶺磊歷
是前山
非郊菴所望縹碧者也
殘陽接月
錦雯四散
朱光落射
紅在蓮葉下伏
已而盡潭大艴
明霞作底
有舟自鄰家出

與閣上相望者

往來秋色

譚元春銘參東坡，記慕酈注，清心俊語，輒散人懷。或曰有好句而無完篇。爰錄其九則，刪飭固所不免，簡練揣摩，呵度胎息，庶幾玉成，樂在其中矣。世謂竟陵體者，毋多道。友夏詩才亦少見於絕律，而每見於斯。

一九九七

波斯灣之戰

曉色淨明
晝午一碧無雲
向晚天空蘋果綠
屋後雀噪不已
波斯灣戰爭初三日
智慧型武器作秀
夜襲美麗得芭蕾似的

巴格達像一棵聖誕樹
雙方罵魔鬼，魔鬼
陽臺愈靜，愈若水
若嬰，若處子觀脫兔
微風清寒駘蕩
春善預告，春富隱私
淺草涵翠乃去秋遺意
木柵內犬吠狺狺，行人絡繹
上街買新聞紙，水果
戰爭是多情的，孫武知之
克勞塞維茲知之
兵法家手中拿著水果刀
花店的大玻璃上貼出

紛紛的紙剪的心
想一想情人節也真近了
唯記憶之繁縟令我深感富有
我富可敵國的記憶啊

克勞塞維茲（Carl von Clausewitz）十三歲從軍，參預普法戰爭。又曾與韃靼人周旋沙場——鑒於軍事上雖接連稱勝，政治上卻並無裨益，幡然覃思，乃著《戰爭論》，以明戰爭之理念。聞此書現正為白宮主者們所閱讀，美國軍校師生亦相率崇敬這位一百六十年前的柏林大學教授，蓋西方人向來是昧於兵法的（然而像不常吃藥的人，吃起藥來特別靈）……戰爭必要有目的——和平年代尚且「目的」迷茫，戰爭反而會使人知「目的」之所在嗎，當今的一國一族一洲的一時之見，都只限於自身的功利企圖，擺脫現實困境的權宜部署，眼看這樣的短程奔波已是一路險象環生，即或差強如願，也仍然成了下場戰爭的滔滔伏筆。克勞塞維茲以為「軍人應聽命於文人」，文人在歷史上極少有機會指揮軍人，況且能剴切駕御軍人的文人也實在罕見，而軍人熟讀兵法亦不即是文人，那麼，克勞塞維茲庶幾軍事上的理想主義者之禱乎。再者何謂「戰爭是多情的」，君不見凡烽火一起，人倫忽然甜柔了，「我的兒」、「我的丈夫」，生命是無價寶，戰爭帶來普遍的頓悟，黃絲絛在欄杆上樹枝上飄，平常是見不到的。戰爭必有雙方，正義與非正義僅僅是比較而言，願中東局勢由盟軍凱旋而世界勉為祥和，雖然這種祥和一直是充滿戾氣。

雅諤謨

冬天已去
陰雨消退
我騎著駿馬
涉河而行
願你知我前來
我思愛成病

春風扇揚
花木如錦
容我見你面貌
聆你嗓音
你的嗓音柔和
你的面貌秀媚

無花果紅熟
葡萄發著芬芳
青草為榻　柏樹為帳
莫要驚動
莫要喚醒我愛的
等伊自己願意

我良人
我愛
我的佳偶
你美麗　全無瑕疵
你舌下有蜜有奶
你的腳趾使我迷醉

將我按在心上
猶如朱紅的記印
題在你臂上　好似刺青
我每夜來
像羚羊小鹿

歡奔在乳香岡上

天起涼風
日影飛去
我們快要離別
我將再來
左手放在你頭上
右手將你抱起

在維謝爾基村

維謝爾基的農舍一色瓦房
還是他們祖先手裡蓋的
像這樣的莊戶人家都養蜂
都餧著青灰的比曲格牝馬
打麥場邊闢有方正的大麻田
麥子密又壯，黑壓壓一片
場上聳著烤房，禾綑乾燥棚

屋頂茨草鋪得像剛梳過的頭髮
穀倉和庫房，鐵門安裝嚴實
裡面是粗麻布紡車新皮襖
嵌有金屬飾件的馬具銅箍的斗
門上和雪橇上用文火烙了十架
順著村子攬轡徐行，止不住要想
人生之樂莫過於割麥，睡在麥垛上

清晨，村雞還在引頸長啼
沒有煙囪的農舍冒出散漫炊煙
光禿的樹幹矗向澄藍天頂
園內涼氣澀重，透過淡紫的霧
可以望見旭日是從何方升起

吩咐備馬，跑向池塘邊去洗臉
柳枝下的池水清瑩見底冰陰徹骨
瞬息間驅盡了一夜的昏瞀慵困
回來，穿上乾淨的麻布襯衫
套上打著鐵掌的結實長筒靴
奔到廚房喝湯，吃火熱馬鈴薯
黑麵包醋漬菜又是紅汁格瓦斯
餐後，穿過維謝爾基村去打獵
臀下光滑的皮鞍，絕妙的快感

九月杪，果園打麥場空廓了
也是這個時候天氣發生驟變
大風整日搖撼樹木電線欄杆

雨一陣斜掠一陣直擊就是不停
傍晚，西天落日的金光穿出烏雲
空氣潔淨明曄，枯枝都亮了
風並沒有停，騷擾著果園
扯碎從下房冒上來的縷縷炊煙
落日的餘暉熄滅，果園晦暗
像扇小窗那麼大的一塊藍天閉合了
雨又灑下來灑下來，瀟瀟淅淅
俄而愈下愈緊風也更猛
真的很快轉成暴風和滂沱大雨
使人怔忡不寐的黑暗長夜開始了

一進十月，雨霽日出

天天寒意襲人，青穹萬里無雲
經風雨而未掉落的樹葉還不少
再要好幾場雪才會脫盡
果園在藍空的背襯下曬著太陽
靜等冬盡春來，時日漫長
田野已翻耕過，烏油油極目連天
分蘖了的越冬作物增添泥土神采
道路被大車碾壓得平滑如鋼軌
兩旁斜下來的冬麥翠嫩欲滴
打獵的季節說到就到得眼前
放出靈猩頓河馬，備鞍，角笛挎上肩
黑林，紅崗，響島，這些地名
這些地名已夠獵人心癢難熬

一九九三

指紋考

鳥獸隨風行動
潛步狩獵
最好迎風搜尋
波里尼西亞的航海者
偃伏獨木舟中，閉眼
撫弄被風吹送的波濤
就知曉遠處島嶼的方位

愛斯基摩人，天空白茫茫
霰雪掩沒地上一切標誌
他們依循氣流，順利往返
我友羅士，他是船長
聽風吹帆索的聲音
預卜風暴何時來臨
從前的城市街道
按東—西或南—北而建設
此乃指南針定風向之跡象也
即說屋頂風信雞的時代業已過去
以色列春季乾旱熱風使我暴躁
德國，阿爾卑斯山吹來浮恩焚風
起先我胸口還不大覺得作疼

加利福尼亞州南部聖安娜焚風
使我的床友情緒低落了兩晝夜
納瓦霍印第安人有一首詩
詠歎手指上的旋紋
天神製造先祖的時候
風吹過，風尾留在指頭上了
猶太、阿拉伯、希臘、羅馬
他們用語中的「神靈」
都是從風字轉化而來
佇立在夏威夷考艾島上
夜，吉拉尼亞燈塔亮著
一陣一陣，風從北方吹來
我聞到中國的腐，日本的腥

一九九〇

波爾多的鐘聲

予嘗修表有祭於蒙田先生之靈日
作為懷疑主義世家趨奉款款敘舊
四百年前一大敗筆在乎先生請了神甫來
做成那件常人不免先生可免的事
予生也晚未得婉辭進諫且亦非只勸阻
希望和可能是敗筆遽然轉為警句嗚呼先生

昨夜雨後涼靜啟閱法蘭西饋贈之全集
悲喜參半似聞波爾多鐘聲頻傳
「我的思想是不屈的雖然我的膝蓋如此」
意氣拳拳恍若陳釀出窖瓶碎石階
嗟夫哥列高里十三何足懼何足道哉
薄伽丘把教會的罪孽歸於上帝
迴誦遺篇我心寒哀俄頃稍轉煦悅
多謝先生坦蕩留言四百年後乃有所思
嗣繼者重陷困惑則前驅者又何苦來
歌德垂暮作此太息亦唯愛克爾曼一人在座
仰先生思想之不可屈惜膝蓋之不盡然
安息吧波爾多鐘聲為您悠揚我聽到了

即使自然也並非是一位好心的領路人
懷疑世家之苗裔每與自然交媾中斷
人哪誠是一個變化無常溶漾不定的東西
剴切的裁判你倉猝乏術四顧因起彷徨
我裁判了您恰如我將被裁判嗚呼哀哉
樂事正賴於斯而非賴於彼伏維尚饗

一九八五

索證者

錦盒合時，搭扣的一響
餅乾光緻的細孔
港埠晨曦淡淡密立的檣桅
秋午晴，堅果墮地的彈跳滾動
山廟齋廚石槽邊的海棠花
市鎮小巷黃昏炒青菜的油香
雷雨後打靶場四周的水田蛙聲

燈燭熄前，禮節性的亮了亮
鄉村車站雜貨鋪褪色的糖果
水手們說膩了又丟不掉的髒話
幽谷，很快直升到峰頂的白雲
稻草堆間紅暈的臉，頸上的汗
舊貨攤暗暗奪目的廉價神品
少女如瀉的秀髮，天文臺的蒲公英
雄孔雀金碧輝煌的荷爾蒙
童稚全真的假笑，耆翁偶現的羞澀
南極落難的青年夢中的花生醬
宮廷政變老手寥寥數句的優雅便箴
理髮店奔出濕淋淋的半人馬
陽光普照，成熟麥田偉大的黃

莽漢動情時頰上嫵媚的酒渦
寂寂佛胸的卍，獵獵盜旗的卐
冬日旅途，煙斗微弱而持久的體溫
臘肉懸在陽臺風日中的漸悟
大戰後隻身提箱來訪的情人
食物剛煮熟時悅目的和善
它們，她們，他們
每有所遇，無不向我慇懃索證

塞爾彭之奠

鷺鷥身子輕，大翅膀不甚方便
鴿群中常有把兩翼相擊於背上的
斑鳩在別的時候飛得果然強快
春天卻攤著羽扇老是像遊戲
雄的翠鳥交配期間忘了從前的飛法
金雀也整日慵困不想多動的樣子
魚狗形似杜鵑，迅若脫弦之箭

黃昏，鵖鴒流星般閃過林梢
家燕貼水輕掠，打彎敏捷嫻雅
雨燕團團急轉，岩燕左右擺蕩
許多小鳥一抖一抖忽上忽下前進
英國南部，這是嘉木繁生的優美教區
塞爾彭，留連不忍離去的村子
我緬想懷特，無名的代理副牧師
遇事謙遜，沒有野心，不，一點也沒有
他的肖像是捺印在各株青草尖的
傍晚，我聽著他曾聽過的鳥叫
知更鳥，山雀，燕子們，以及麻雀
一小群金雀停落榛樹上要棲宿了
我站在這裡，牠們不安，飛到頂枝上

琥珀色的天空映得牠們變成黑點
驚惶的叫聲仍然曼妙柔和
而今多了對懷特的記憶，就是我的眷念
墓地的草叢中我摸索又摸索
希望尋到紀念物，有關他的隨便什麼
這個後來是找到了，不很大的墓石
須得跪下去，把遮在石上的細草披開
猶如我們看小孩的臉時分拂他額上的亂髮
石面上刻著姓名的頭字（沒有瓊生所說的
吉耳柏特・懷特　先驅　詩人　文章家）
只有「一七九三」，他辭世的年份

謹以懷特（Gilbert White）自己的文句及戈斯（Edmund Gosse）、卡爾佩伯

(Nicholas Culpepper)、赫德孫(W. H. Hudson)他們的一些小節或單句,和合為這首詩,我是因之而感動的。赫德孫寫懷特,真寫得好,當時已相隔百多年,現在快要兩百年了。我幸於樂於為公有的人類文獻(Human document)覆此一筆,忝證「文學」無疑是初比今夕何夕的時鮮,而後比執手偕老的永恆——以前,多虧是這樣,以後,也許「永恆」只到我們再以後,就不知道了。

一九九〇

道院背坡

道院背坡芊芊芳草連綿
碧綠地這樣斜下來就是路了
長埭烏漆鐵柵為界，禁止逾越
路畔一枝樹，一枝樹（楓科喬木）
隔著樹幹、鐵柵、森森葉叢
陽光下的大草坡明豔聖潔非人間
近周家宅、車輛，草坡自領清虛幻意

刈草者巡迴推機之日，幻意頓失
亦是我一己荏弱無聊的緣故
或說那非人間的幻意原也羸薄
不經刈機震聲和工役形狀的冲尅
（每年都見別處的草坪先呈秋瑟
這片斜坡綠得近乎童貞的呆愣
白帽玄裳的修女們來掃除飛積的黃葉
過後，斜坡仍復青青，時已初冬）
昨夜雷雨浥塵，暑氣一夕盡消
夏令瀕末，蟬屍跌在地上
日照斜坡群卉鮮妍水珠閃爍
一隻貓——直奔下來……
貓在追捕，松鼠在前逃竄

松鼠上樹毛色與樹皮相混倏而失蹤
貓蹲伏樹下，草坡明綠　肅靜　空廓
剛才劃過一黑線，一灰線

黑線長　貓，灰線短些　松鼠
先後劃到樹幹為止，灰線隱沒
黑線蹭成黑團，凝定樹下不動
我是從路的這邊望見的

願貓逮著松鼠，願松鼠脫險
（兩個願同在我心中
其一如願，必得另一不如願）
貓正追，松鼠正逃，兩願緊緊並扣我
這剎那的心情，如若持續無限延伸
就是上帝的，上帝的心情

我驚覺與祂遽然 touch 了一瞬
立即縮為早餐後要去買報紙的凡人
夏末的陽光下草坡舒坦幽倩
坡頂道院石砌的高牆窗戶嚴閉
修女們在陰暗裡讀經　祈禱　悄悄移走
不知今天早晨有上帝的心情掠過屋後草坡

一九八九

共和國七年葡萄月底

I

「我的天」
旅館主人聽見馬蹄聲
便到門口嚷道
「我的天，先生
再遲一點兒

您就得像大多數的同胞
要在安德納赫對岸露營了
敝店已經客滿
如果您一定要睡一張好床
我只有把自己的臥房讓出來
您的馬，啊馬呀
我要在院子角落用草料安頓牠
今天我的馬廄裡住滿了基督教徒
先生是從法國來的吧」
從波恩來
從早上起就沒有吃過東西

II

客廳裡煙霧升騰
慢慢顯出火爐時鐘桌子
啤酒壺長煙斗猶太人的臉
德國人的臉船夫的臉
法國軍官的肩章閃耀不停
刺馬距和軍刀在作響
有些人玩紙牌
有些人爭論
有些人默默地吃喝
那胖婦，黑天鵝絨無邊帽

藍綢襯衣，針線筒，一串鑰匙
銀扣子，大辮子
明白無誤的旅館女主人
她很有技巧地使我等待食物
一會兒十分耐心，一會兒耐心全沒
客廳裡的聲音漸漸低下去
人們走了，煙霧消散
傳統的萊茵河鯉魚放到我面前

Ⅲ

寂靜
馬嚼秣料的聲音，頓足

萊茵河奔流
某些房間響起質問聲
又安靜下去
店主在吹噓安德納赫
吹噓他的酒，共和國的軍隊
什麼船靠碼頭了，沙嗄的吆喊
店主急急忙忙走出，不久就折回
帶來一個英俊的青年，兩個船夫
「到你們船上去睡吧」
店主對船夫說
「旅館早住滿了
算來算去還是這樣最好
吃呢，我連半塊麵包

一根骨頭也拿不出
醃菜，填滿我女人的頂針眼也不夠
已經對您說過了，先生
除了您坐著的這張椅子
您不可能有別的像床一樣的東西」

Ⅳ

我要求打開面對大門的窗戶
可以換換空氣
客廳太熱，蒼蠅又多
這窗戶用鐵條閂著
鐵條兩端插進窗臺左右的洞眼裡

護窗板上裝有螺帽，可以旋進螺絲去
我呆看店主怎樣打開窗戶
女傭走過我身邊，行個禮
她大概到牲口欄或穀倉去睡
店主和妻大概要在廚房過夜
院子裡兩條大狗，吠聲如豹
很容易發作的守衛者
多麼靜，小城的夜晚
店主關上大門
只有波浪拍岸的聲音
我邀請那青年共餐
他姓赫爾曼
我是想說，照例又叫赫爾曼

V

店主的妻認為菜已上齊
她以女主人的身分
向大廳和肴酒掃視一眼
回廚房去了
沒有聽到她就寢的聲息
不多久，我和赫爾曼談話的間歇
傳來鼾聲，她睡的閣樓是空空的
鼾聲格外雷輥般地威武
我們相視而笑
已近午夜

桌上只剩餅乾、奶酪、硬果和酒
談故鄉，談讀書，戰爭
他是畢卡爾迪人
誠然直爽，善良，多情善感似的

VI

他在說
「我母親，安睡之前
背誦她的晚禱經文
她一定不會忘記，一定會問
我可憐的孩子到了哪裡了呀
她賭錢時常贏，贏女鄰居的

就把這幾個蘇投進大紅瓦罐中
她要攢一筆錢
買進坐落在勒舍維爾的一塊地
面積三十阿爾邦
大約值六萬法郎
真正是一塊好牧場
假如有一天我能得到這塊土地
便在勒舍維爾度過我的一生
再也沒有別的野心
我父親曾經多少次想得到它
還有那條蜿蜒流過草間的清澈小溪
他死了，沒有來得及把這塊地買下
先生，你也有你的 hoc erat in votis 吧」

VII

萊茵河兩岸
美因茲與科隆之間
地質肥沃，富饒，崎嶇不平
路易十四和都蘭納傷害過它
還是森林密佈，郁郁蔥蔥
叢藪的凹處，巖石的間隙
眺見萊茵河，湍流喧囂
自然的植物比凡爾賽的國王更傲慢
我倆幾乎是沿著山羊闢出來的小徑而走
周圍全屬於秋陽斜暉的特有的靜

狹谷的另一端就到了安德納赫小城
那些房子像放在籃子裡的糕餅
中間只被草葉和花朵隔開
草葉就是樹木，花朵就是他們的園圃
我們欣賞有突出桁樑的尖屋頂
木樓梯，和平居民的陽臺
港口，波濤晃蕩著一隻隻小船
赫爾曼是萌芽狀態的牧場主
明天這時候我們已在各處了
今兒晚上還要喝麥桿色的瓊尼斯堡葡萄酒
日爾曼式的誠懇，條頓族的胃口
偏與支那的玄想清談十分協調
也許，還是靠他飄蓬的金髮純熟的拉丁語

促成我們相愛兩宵和一整天
共和國七年葡萄月底
用目前流行的話來說
一七九九年十月二十日至二十一日

一九九二

槭 Aceraceae

槭是落葉喬木
葉對生，掌狀分裂
我說七裂居多
你說常會分成十一裂
裂片尖銳，有鋸齒
你就麻癢癢地鋸我
鋸得我齧你耳墜，吮吸

吮吸到四月開小花
第一次伏上來滿身是花
果實雙翅果，平滑
你的翅是勁翅，撲擊有聲
你用翅將我裹起又塌散
槭的果翅展開為鈍角
尖銳的快樂是鈍鈍的
全身都鈍了，尖銳了
果翅藉風力去佈種
你藉南風，你不會佈種
豈僅是槭，你還是槭科
雙子葉中的離瓣類
是吧是吧是溫帶產吧

溫帶產尤物，善裸裎
要我兀立在樹蔭下枯等
看你單葉複葉又缺葉托
你的花時而兩性時而單性
花序此也穗狀彼也總狀
萼片，花瓣，皆五頁
五個手指，你自嫌手指短
短手指的命運是慵懶的
你反來機巧地唼喋復唼喋
萼片和花瓣有時只四頁
你缺了的，我細細賠
雄蕊八個，雌蕊一個
找到了，子房上位有二室

找到了胚珠，兩粒
早已說定你的果實是翅果
你的種子忘了胚乳
我周圍太多草本情人
來一個木本情人吧，你
我只要風和日暖觀賞你
槭材要做成器具到市場去
你要去就去，明天才許去
享盡這槭葉叢裡的饕餮夜色

一九九三

薩比尼四季

眷悅精巧杯盞，自斟旨酒
或以冰鎮或就爐邊沁溫
在薩比尼，每日我與鄰人會聚
如果從親友家宴罷歸來
兩個少年陪伴我緩緩步行
前面的持火炬，後面的吹笛
人問蘇福克里斯，你還有無欲情

神明保佑，他回答道，我終於
萬分僥倖地從它那裡逃出來
像摔脫了暴怒的發狂的主人
即使是看安彼維烏斯演劇吧
前排觀眾享受逼視的快樂
後排的也快樂，而且免於吃灰塵
憶當年，陸征水戰攻城掠地
班師振旅凱歌入雲，誠是壯觀的
平靜，整潔，閒適，更宜度此餘生
朝朝暮暮彷彿若有隱瞞的吉慶
八十一歲的柏拉圖臨終時紙筆在握
蘇格拉底寫泛雅典娜節辭行年九四
傾心作悲劇，蘇福克里斯神思恍惚

兒子們上法庭控告他貽誤產權之傳遞
他出庭朗誦《俄狄浦斯在科羅諾斯》
陪審員齊聲擊節稱賞，判他清健無辜
且休吟詠這些神聖大業，哦
可依戀的莫過於薩比尼的四季田園
收穫固然暢洋，播種尤其殷切
泥地以鬆軟的胸懷接納了無數宏願
便用潮潤和偎抱給麥籽洽暖
默默膨脹，滋茁柔嫩而強旺的芽
由根鬚撐著，秧苗挺上帶節的莖
尖端有葉鞘包簇，形狀威武忠貞
葉鞘日日升高，從中婉然抽穗了
無限希望的麥粒序列嚴整，他們是主

芒刺四射作衛護，以防小鳥侵啄
金黃的麥芒在月光下幻成一片銀霧
為什麼我還要替葡萄作傳記呢
須知土地賦予各種植物的力是神力
況且切枝、插條、壓根、嫁接
不使人一番驚喜又一番驚喜嗎
葡萄天性荏弱撓韌，若無倚持
只好在地上爬了，求的是能直起
長出鬈絲，遇到什麼便抓住什麼
明智的園丁勤修快剪，毋使枝蔓過多
綠葉猶未全蔭，葡萄悄悄結顆
陽光照著葉子果子一同昌茂豐腴
果子成熟，葉子遮著果子

意在不缺溫煦，也免遭曝炙
還有什麼景致比這更足怡情適性
庫里烏斯的莊園離我處不遠
每一眺望，便要稱讚他守拙葆真
實在也是感慨時代的浮華風尚呵
庫里烏斯獨坐在火爐旁冥想
薩姆尼特人送來許多金子
他無言，他說，他總覺得
擁有許多金子怎能就算光榮
擁有金子的人都敬服你，才真光榮
僅只光榮，幸福終究來自美德
不想把話題扯遠，再敘農事吧
田園的樂趣四季徇順更替

既可頤養天年，又得奉饗神祇
我幾乎要與讎敵們和解了
舉凡誠懇劬勞的祥和人家
庫房裡貯滿酒甕、油罎、糧囤
庖廚充足，豬肉、山羊肉、綿羊肉
雞、蛋、奶、乾酪、大缸蜂蜜
得暇狩獵禽獸，燻醃忙碌一陣
還有個青翠菜園，每餐新新鮮鮮
要熙煆，明媚陽光　酡紅的灶龕
涼爽，就在溪水轉處，喬木之下
難得我也離家，孑身馳赴雅典觀劇
進城入場，場內早已座無虛席
不見一個雅典人有讓座的意思

我踱到斯巴達人中間
他們是使節，座位是特設的
斯巴達人個個起立，請我入座
全場對他們的行為鼓掌喝采
一位斯巴達青年臉色沉沉地說
雅典人知道什麼該做，就是不做
我回到薩比尼農莊，漸感年事已老
別人享受武器馬匹游泳賽跑
請把羊蹠骨和骰子留給我
若使它們被拿走，也不在乎
沒有這些玩意兒一樣過得幸福

少不更事時很愛讀西塞羅的散文，覺得他較戰國的縱橫家要好，好得多。

之後四十年中就沒有機緣靜心對待這種門類的書。到了海外，貶詆西塞羅的論調屢有所聞，我想，古人若然對今人有壞影響，那是今人太壞了的緣故。近因作講演筆記涉及羅馬文學，將手邊僅有的西塞羅著作翻閱一過，其中的《論老年》，與早先所見的同名篇竟全然不同，今者出自勒布（Loeb）古典叢書的《西塞羅文集》拉丁文本，記不起昔者是什麼的版的了，好像很清楚其中有「積累智慧，將是你老年的甜蜜」云云，目下遍尋不得。卻令我細審了這篇長文，幾次感到作者音容宛在，忍不住抽取數節，鍛鍊周納，羅織了此首八十餘行的詩，耗時兩個半天，譬如又去了昨是今非的羅馬一趟。我還是認為西塞羅較蘇秦張儀之流要好得不能比。

一九九〇

末度行吟

一個幽靈，又在歐羅巴遊蕩
饑了食，渴了飲，累了坐倒路畔鐵椅上
綠蔭如蓋，繁花似錦，行人止步凝望
聽我彈琴吟唱，從前這裡是怎生風光
哦城市，從前城市是個要塞，四周設防
碉堡，壕溝，瞭望塔，巍峨高牆
險凜凜的吊橋起落按時，嘎嘎作響

街道很少有直的，屋舍亂得顛沛倉黃
樓房，上層凸出，再上，又凸出
簇聳尖頂、稜角，兀自得意洋洋
看是果然好看，下面街道，終年不見太陽
石與木的世紀啊，民宅以木為主
火災乍起……一片悲慘的輝煌
街道底層堆積貨物，毗連都是商行
路口疊滿包件箱筐，交通怎能快暢
就是地窖子，也把甬道伸到街中央
滿街泥濘，不著木屐真夠狼狽相
噢，煙囪，煙囪從來沒有見過
家家門前乾糞高壘，如丘似崗
庭院總有一口枯井，造井的年月不詳

垃圾，穢物，死貓死狗……
往街上扔，扔，扔出便算清爽
牛羊豬鵝在街頭緩步，見門即入
失主隨時找上門來，宛如討帳
屋頂用草茨鋪蓋，三年五載更張
窗櫺糊層油紙，要不就用破布一擋
夜來了，沒有街燈，商店黑沉沉
室內羊脂燭只夠半壁昏然照亮
夜行者要麼自己提著燈籠低頭走
要麼出錢雇個持火把的瘦骨小郎
九點鐘之後，都睡了，細聽鼾聲已響
剩下流浪漢、翦徑賊、醉鬼、賭徒、迷孃
白天可真熱鬧呀，摩肩接踵，熙熙攘攘

有的用秤稱，有的用尺量
有的巧言挑逗，有的惡語衝撞
俄而金鐘大鳴，傳來一片頌讚合唱
斧聲、刨聲、鑽聲，那是露天工廠
獸蹄達達車輪隆隆，小販全憑一條好嗓
從針線到馬繮、投石帶、鎖子甲、長短鏢槍
逐件逐件叫出來，打動買主的心房
那年月，大家起得可早呵，夏天四點
冬天五點，下午三點歇工，閒逛
麥餅烤得正好，臘腸煎來油汪汪
商店噴出酸臭的熱霧，繚繞有似密網
木材煤炭蒸燒所的焦味使人咳嗆
瓜果、花卉、菜莖，連片霉爛在路旁

教堂飄出縷縷青煙，甜澀的異香
各種氣味分得清，又混得迷離惝恍
郵件托給運送鮮肉的馬車，車大馬駛
肉商資本雄厚，信用穩當
人們都以為正在享受舒泰、福祥
氈毯鋪地板，花紙糊壁壙
瓷盤中放個雕刻杯、或壺或罐或缸
富家的廚房，銅鍋白錫器皿閃閃生光
床是寬的，被褥已知用禽類的羽毛入囊
還有個華蓋、煖閣、綢幔羅帳
就是不知道睡衣這麼回事，不知道
男女老小都像脫殼的肉蟲，蠕蠕爬上床
進食的叉子尚未發明，肉，預先切成小瓤

要不自己割了，用手指送入口腔
每個體面的家庭，鳥籠高掛，花盆穩放
花盆、鳥籠，是顯示身分的徽章
畫片是奢侈品，生怕敗壞貞德倫綱
因之到處都是畫片，暗地裡紛紛洋洋
耳房，當時叫它臭間，天然骯髒
最為大眾關注的首推公共澡堂，國是一樁
那裡方才是社會，都要到那裡去露露鋒芒
吃點心，飲酒，奏樂，談判婚嫁事項
財主在自置的浴室招待賓客，才算堂皇
舞會，箭賽，星期二懺悔日，中夏節
王侯的幸臨增加不少話題，傳遍街巷
教堂的圓頂主宰著白雲蒼穹

市府禮堂兩面都有彩色玻璃長窗
四周是穀物交換所、布業商場、鞋業商場
貿易中樞，卻在鄉村寺廟的那廂
大的寺廟住著好幾百人哪，什麼人呢
不單是僧侶，還有小學生，遊民和流氓
還有只待救濟的凡夫俗子，枵腹枯腸
育馬場、牛奶棚、羊圈、製酒局、麵包烘房
馬鞍匠、修鞋匠、漿洗匠、造刀匠、五金匠
還有果木園、菜畦、培植草藥的專坊
新教徒訓練所、刺血和滌淨所，講學的迴廊
香客的宿舍、鰥寡孤獨棲身的簡陋寮倉
這些人哪，來自四面八方，窮鄉僻壤
羅馬的偉大道路已衰敗得難認去向

可走的只有較寬的田野阡陌，總要運糧
人的足跡，車的轍痕，後來可循既往
雖然崎嶇曲折，眾生絡繹不絕，項背相望
僧侶、修女、教師、學徒、傭兵、鏢客、明妓、暗娼
傳道士灰袍沉垂，鞭笞教徒苦行宏揚
巡迴的優伶逗人嬉笑，貪婪的坐賈兼作行商
覓寶者虔誠而狡詐，猶太佬陰鷙而安詳
高加索無賴，江湖郎中，伏魔法官裝模作樣
內地香客一臉正經，斜眼看人不慌不忙
那手持棕櫚者已到過聖地，急於還鄉
乞丐花樣多，有的把傻賣，有的把瘋裝
有的染紅衣袖，吊著繃帶，活像新遭重創
也有伴閉兩眼舉杖叩路，可憐瞎子無依傍

幾個殘肢孩童跟著女雇主，一路哀哀叫娘
還有滑稽演員、丑角、侏儒，故作踉蹌
走繩索的、變戲法的、動物腹語的
吞火的、飲劍的，說起來都是蓋世無雙
啊，行行日暮，總得尋找旅店的招幌
來到門前喊了又喊，才有人開窗搭腔
行李貨物自己搬，店夥不肯相幫
一間生火的大屋，近百個旅客嘟嘟囔囔
旁邊有個小室，脫換衣褲，不致魯莽
生意興隆，招待周到的首要標誌是
每個旅客臉上身上都有汗水涔涔下淌
假如誰把窗戶稍開，虛一縫
立刻有人大叫閉上，閉上，沒話好講

混亂中必有野漢小丑出現，彷彿破空而降
此種腳色最受寵，鬧得頭昏腦脹天老地荒
睡覺的角落，在牆壁凹處，剛夠軀體安放
床上只有被單，六個月前洗過，何必撒謊
明朝起來，正如好船壞船總得解纜啟航
人人都喜歡聯合，先謀生存，再謀進天堂
盜賊協會、乞丐同業公會、邪教聯誼會
娼妓和癲病者也有公會，會員應召如響
更有戮力反對發誓，專門祝福健康
那時候即使上等人，也信口發誓，出聲琅琅
當面打噓打呃，概不道歉，顧盼如常
男子穿戴，賽如土耳其雄雞，斑斕軒昂
心照不宣的選美，中選的美女大抵魁梧肥胖

飲食勢必是粗俗的，說來別嫌荒唐
肉桂、胡椒、荳蔻、丁香、番紅花、生薑
無區別地投入肴漿，誰也不會懊喪
把胡椒和蜜糖摻合了塗烤麵包
作為正餐中的點心，居然大受欣賞
開個菜單來看看吧，事情倒也毋須勉強
第一道：雞蛋用蜂蜜番紅花炒，再加酒釀
稷米，梅子燒雛雞，蔥包羔羊
第二道：炸鯛魚，葡萄乾油煎小羹
蘿蔔焗家雀，胡瓜燉豬膀
薑片煨海鰻，芥子烹青魚，連湯
或許，再開一張，姑妄聽之，聽之姑妄
第一道：杏仁粉燜羊肉，羶腥中夾著清芳

烤乳豬或烤鵝，榛栗百果填膛
第二道：糖米飯，炙鹿肉抹滿辣醬
鹽漬鱒魚，由阿月渾子搭檔
煮鯉魚，或棱魚，真像漿糊，太像
吃的當兒各選各的，也有饕餮家全份上饗
這些菜的配合真不雅馴有欠端莊
說到白糖，那時候價格高昂列為珍藏
青豌豆是難得有機會少量品嘗
最愛飲酒，啤酒尤其興旺，招飲呼嘯若狂
保存方法不佳，酸哪，只好多加蜜糖
味道正宗的南部酒，是用作開胃的良方
酒是天國的泉，仙界的露，靈魂的春天池塘
酒是歡樂的藥，催情的火，沒有翅膀也能翱翔

唱到此，樹下只剩我一個，暮色漸漸蒼茫
說憂傷可真是，我怎好意思說憂傷
無非呵飄而不墜，哀而不怨，相棄而永毋相忘

對於十世紀上下的歐陸風俗景觀，我自來懷有難於解釋的偏好，時日愈久，想試試解而釋之。也許他們那樣的黑暗期，倒是窖藏了人的元氣，才會有磅礴怫鬱的Renaissance——我對中世歐陸的偏好，並不就是這層意思，古老的房屋，街道，說穿了還是在乎住著走著的人，人則一向是莠多良少，那極少的良人怎樣個良法，大致如此：周身樸茂溶漾的傻氣，說聰明又聰明得可驚，時常慵困，出神……說來勁又認真來勁，美麗的茸毛間全是美麗的汗。這樣的尤物只有在那樣的世紀才涵毓得出，維琪爾的牧歌中每見其雛型，而只是田園的、青澀的，可愛還在於手工業初期，成群成群的少艾青春。十世紀上下的歐陸究竟是不是像我所寫的那樣，誰知曉呢，同一意思，誰不知曉呢。歷史者，道聽塗說，那道與塗是指書本和博物館。好持逆論的福里特爾（E.Friedell），他作《現代文化史》，旨在諷味新骨董，我抽剝了其中的若干細節，可謂心懷叵測，詠情詩而不涉情人的音容笑貌，盡描述情人出生地的風尚習俗，亦即是：想畫鳥，鳥已飛

去，畫了個鳥窩。

一九八九・羅德島

五島晚郵

十二月十九夜

我已累極
全忘了疲憊
我慳吝自守
一路布施著回來

我憂心怔忡
對著燈微笑不止
我為肢體衰彈而惶惑
胸中瀰漫青春活力
你是亟待命名的神
你的臂已圍過我的頸
我望見新天新地了
猶在懸崖峭壁徘徊
雖然，我願以七船痛苦
換半茶匙幸樂
猛記起少年時熟誦的詩
詩中的童僧叫道
讓我嘗一滴蜜

我便死去

十二月廿八晚

每次珍重道再見
昨晚，我悄悄遁去
待你察覺我已走了
起一瞬永別之感
你會猜知我在後悔
你猜知了
我的後悔便終止
又無悔地向你行來

不成文的肌膚之親
太可能毀掉
你金字塔內的我
近月以還，憬明，迷茫
驟濃驟淡的悲喜交替
廢園中枇杷花藥性的甜香
嚴靜，夕陽之美
以及我愛你

明知站在深淵邊
一旦你擯我，棄我
也是福了的
不能愛，能思念

人被思念時
知或不知
已在思念者的懷裡
自踵至頂的你呵
安息日，小徑獨步
枯枝刺滿藍空
樹下一灘一灘殘雪
滋潤的寒風拂面
真願永生走下去
什麼也沒有
就只我愛你
傷翅而緩緩翔行

除夕・夜

本年的晴朗末日
從別處傳悉你的心意後
換了另一種坐立不安
飄墜般循階下樓
投身於晼晚的寒風中
路上杳無行人
黑樹幹後遙天明若鎏金
斜坡淡紅衰草離離
無葉的繁枝密成灰暈
鄰宅窗前飄懸紙燈

門簷下鐵椅白漆新鬆
掌心煙斗鳥胸般的微溫
兩三松鼠逡巡覓食
遠街車馬隱隱馳騁
有你，是你
都有你，都是你
無處不在，故你如神
無時或釋，故你似死
神、死、愛原是這樣同體
我們終於然，終於否
已正起錨航向永恆
待到其一死
另一猶生

生者便是死者的墓碑
唯神沒有墓碑
我們將合成沒有墓碑的神

一月三日

何謂紅塵歷劫倖存者之福
憶往事，悲慟淡如野墟炊煙
何謂離群獨歸驅車若飛者的喜樂
為你，我甘忍悽愴，滿懷熊熊希望
壯麗而蕭條的銅額大天使啊
也許我只是一場羅馬的春陰暴雨
還有幾次，多少次，如昏沉昨夜

我舉步維艱，沿城而行而泣而禱
先是你，絕世的美貌驚駭了我
使我不敢對你的容顏獻一頌辭
怕你怨我情之所鍾僅在悅目
崇敬你吐屬優雅動定矜貴風調清華
無奈每當驟見你的眉目鼻唇
我癡而醉，瘖而聵，直向天堂沉淪

一月六日

你尚未出現時
我的生命平靜
軒昂闊步行走

動輒料事如神
如今惶亂，怯弱
像冰融的春水
一流就流向你
又不知你在何處

唯有你也
也紊了，懦了
向我粼粼湧來
嫵媚得毫無主意
我們才又平靜

雄辯而充滿遠見
恰如獵夫互換了弓馬
弓是神弓，馬是寶馬

一月十日

夢想的是
在你這裡，某夜
面對歌劇中聆到過的
百轉千迴直透天庭的一顆心

靈魂像袋沉沉的金幣
勿停地掏出來交給情人

因為愛是無價寶
金幣再多也總歎不夠

一月十二日

遇見你後
情欲的烏雲
消散殆盡
我對自己說
看這最後的愛
愛是罪
一種藉以贖罪的罪
（拿撒勒人知道

且去做了）

噢拉比
我細小細小
只夠攜一個選民

拉比笑了，說
天國的門猶如針孔
兩個孩子騎著駱駝
也可雙雙穿過針孔

（那時的我
獨占你瑰瑋的肉體
在駝峰之間
天國門口）

同前

你是真葡萄樹
我願是你的枝子
枝子不在樹身
自己無能結果

你是真葡萄樹
我將是你的枝子
結果甸甸纍纍
榮耀全歸於你

你是真葡萄樹
我已是你的枝子
枝子夜遭摧折
旦明茁綻新枝
你是真葡萄樹
請你把不結果的
那些枝子剪去
使我結果更多

一月十六日

清俊的容顏

富麗的胴體
這次是你作勢引我抱你
明知一旁有人伏案假寐
我至今以為彼是你的倖臣
你張臂促成我上前緊摟偎熨
真沒料到我的情敵敗得那麼快
是第二度吻於你胸口
仍是那位置，更低了些
像歷盡風波的船
靠著了玉崖瓊林的港岸
此番我不再憂慮冒犯了
知你喜悅我的頑劣
勿以我崇戀你的形姿為忤逆

我呀並非來自神話的蒼穹
我自紙質發黃的童話插圖中來
背上有橢圓透明的小翅的
那種笑盈盈的月夜飛行物
雅不欲進天堂入地獄
慣在草茵花叢間閃爍漫遊
做點好事，搗點蛋，無影無踪
哈爾茨山的兄弟呀
他黠巧如羚羊，彈琴而歌唱
我願吻你，你莫畏懼
吻後我便走，不會再來
是故你莫畏懼，讓我吻了這次
露西亞的兄弟呀

也不要世界的誇獎
在條條生命的田壠上
禾稭似的人轉瞬被刈光
夏天往往有這樣的情景
涅瓦河夜晚的晴空
異樣的幽輝異樣的沉靜
回憶起疇昔的幸福
雖已淡漠，卻又傷心
夏夜以它良善的清風
使我們默默遐想
恍如一囚徒
在亂夢中倏而出獄
飄向草原森林

幻想就是這樣領著我們
重返青春年代的新鮮早晨
我愛你，不再離捨了
誠如脫籠的鷙鳥
掠入郁郁馨馨的森林
我誓作你忠烈的守護神
你雙目惺忪地喃喃
我應和，猶如谷底回聲
突然我轉身從樓梯盤旋而下
不見涅瓦河
也非良善的夏夜
街上寒風撲面
輝煌的櫥窗連成一片

玻璃和鏡面佈滿我的笑靨
首飾店燦若群星的陳列
何者宜作我婚禮的指環
聖母院神龕的燭光呵
為我證見遲來的滔滔洪福

十八日

低著頭款款款款走
不理誰個美誰個醜
腳下溶漾溫軟的雲
彳亍在雲的大漠上
路人再陋也不足嫌

再豔再媚也不足羨

款款款款低著頭走
猛省這是頹喪的步姿
人們見了會慨然想
一個淒涼無告的病漢
哪知我滿心洪福
款款獨行，才不致傾溢

廿一日

明天又明天
時而昂奮

時而消沉
明天又明天
回想往日平靜
如澄碧長空
把事業的五色風箏
奔跑著引高送遠
如今手執風箏的牽線
抬頭只見你的容儀
每當我稍萌怨懟
便愈覺得你才是我的愛
你帶給我洶洶的生
我自心一再湧現死
渴望無遮礙之夜

畏懼狎習後的荒涼
你是聖杯旨醴
禁飲的誡令由我宣頒
今夕又訴以宏大計畫
你頻頻頷首雙目曄然
毫不知我為你燃燒
底層一片徹骨的冰
在死的冰上
起愛的火災
就因你已是實體而非幻影
才使我躓倒不能復起

一月廿六日

如拱門之半
我危弱欲傾
如拱門之另半
你危弱欲傾
兩半密合而成拱門
年華似水穿流
地震，海嘯
拱門屹立不動
眾人行過，瞻仰
勿知是兩個危弱之一體

離開我
你便倒塌
離開你
我猶獨存
哦，並非獨存
又有一半來與我密合
拱門下不復有年華穿流
是故你莫離開我
要知你的強梁在於我
皆因我的強梁在於你啊

二月十四日

愈近你
愈勿明你是誰
已是這樣近了
我退不回來
仆在寶藏門口
還得掙扎起身
自己殯斂自己

去國十載，歲月怡靜
遇見你，初初一驚

只是飄忽的身影
生澀微甘的目語
無損我宿葆的水木清華
詎料霎時雲蒸霞蔚
我如踉蹌中酒
鬱鬱沸沸不舍晝夜

披上海藍外套
八顆鈕上八隻錨
直立的錨無為而端麗
你自稱水手稱我船長
我願最後一個離船
或與船同沉海底

航向拜占庭，航向巴比倫
從來不靠陌生人的慈悲
除非我偽裝恬漠
握瑾懷瑜繁文縟節
御香繚繞閶雍雍穆穆
由你詫異古國的王孫
狂放善辯忽焉守口如瓶
把滿繡祥麟威鳳的錦袍
揮手投之檀香烈火
青焰竄起杳無餘燼

分道時你說，永遠記得
記得什麼，都是虛空，捕風

你向西馳，我策騎往東
疲乏，焦渴，送葬歸途的心情
危樓蕭索，呆愕的燈
壁爐中濕柴嘶嘶如蛇鳴
脫落長靴跌倒在床上
周身冷汗無力再起

先知們最懼怕的胃痛摧醒了我
灼熱的懷表，凌晨四點
並非大難，熄滅愛，還復詳貞
你是春暉中阿爾卑斯山
我並非躍馬親征的帝君
這垂死的牧人，羊群盡散

猶在你蒼翠的麓坡吹笛
黎明，人影不見，笛聲永絕

週年祭

夜雨淒迷
壁爐火色正紅
記憶在
世事俱在
猶如多帆的三桅船
愛者（死別的，生離的）
一一斜倚舷欄
回望，無言

往日衣履
往日笑顏
夜雨中，曳著音樂
徐徐向黑暗駛去

一九八八

西西里

I

朦朧中劇烈振動
火車一節節曳上渡輪
空調停止，開窗沒作用
前後左右無非是車廂，車廂

阻絕了海風送涼
羅馬憲兵去外面透氣
我連日疲乏只圖昏睡
金黃的葵花田，朵朵人臉般大
整齊劃一，面對我燦爛
夢中也記得我要跨越墨西拿海峽
去看神廟中最悲愴的塞傑斯塔
歷二十五世紀，三十六巨柱直聳
世人不知神意鯁噎在殘破裡
猶如我想哭的時候從來不哭

II

卡塔尼亞火車站
一大車一大車軍人
當局調遣意大利半島武力
暫時接管西西里
撤軍日期，視情況而定
曾目睹腓尼基人羅馬人
西班牙人美國人強行登陸
今天意大利人老戲新演
西西里自己是練達而羞澀的
海灘上綠樹、長椅、冰水

七分和平三分富裕就是天堂了
星期日，街上空寂無人
廢氣薰黑房屋，滿壁塗鴉
兩名金髮女郎與一個小子對罵

Ⅲ

巴勒摩早晨，汽車塞滿街路
黑塵中美麗發愁的巴洛克建築
優雅小陽臺，沒落貴族之眼
轉入巷子，眾石屋聯手謀滅陽光
低矮的食鋪，披薩披薩披薩
拳大的飯糰中眠著乳酪火腿

包一層薄薄的麵皮油炸個金黃
吃那冰淇淋漢堡包吧，ＯＫ
邊走邊吃，這時陽光也來吃了
甜液流滿指掌，意亂心慌
錯過了一大段好街景，啊西西里
希臘、拜占庭、諾爾曼、西班牙
輪番霸占過的三角形的西西里
我也想回到一八六〇年之前去呀

Ⅳ

傍晚，港口公園
橘黃天空漸轉藍灰

啟步朝旅館方向走
晚餐時分，悄無人影
門，窗，微弱的路燈
每條巷就是這個樣子
無所謂記憶、識別
迂道也不知，遑求捷徑
恍惚之際窺視諸家宅的中庭
腓尼基風，希臘風，東羅馬風
諾爾曼風，至此皆成異國情調
我急忙掏出知識來與它們對話
老建築猶如老人說開了就沒完
啊，難忘的這一次奇美的迷路

V

旅館老闆娘帶我看房間
哭喪著臉，不禁又掉淚
波塞里諾法官呵
對抗黑手黨，他犧牲性命
黑手黨和從前不一樣了
從前要殺某個人，等上十五年
那人每天早上都和小兒子出門
避免讓小孩目睹血腥慘狀
直等到十五年後，孩子長大
才出手屠殺那垂垂老矣的爸爸

時光飛逝，沒有這樣的黑手黨了
我為伐木工人拍照、留地址
他們奪去我的草帽
堆滿青梨、小如桑椹的野葡萄

VI

看完海上日落才回西拉古薩
老城夜晚，盈盈小吃店
年輕人彈吉他唱自己的文雅秀氣
情侶牽手漫步教堂廣場
踱到那一端，踱到這一端
愛情就是化繁為簡直到簡無可簡

我迷迷糊糊隨人進入餐廳
第一口蛤蜊通心粉才覺醒過來
像臨海的阿蕾圖莎清泉湧出淡水
意大利卻是酸的，米飯酸，醃魚酸
西西里人對生命恐懼，一人一個島
吻是番茄醬，腿是橄欖油
「封閉的靈魂，開放的大自然」
皮藍德婁說起來倒很輕鬆

一九九六

洛陽伽藍賦

譔楊衒之《洛陽伽藍記》

永寧寺

九層浮圖一所

架木為之　舉高九十丈

結剎　復高十丈

合去地一千尺

京師外百里已遙見之

剎上有金寶瓶　容二十五斛
寶瓶有承露金盤三十重
周匝皆垂金鐸
復有鐵鏁四道　引剎向浮圖四角
鏁上亦有金鐸　鐸大如石甕子
浮圖九級　角角皆懸金鐸
合上下一百三十鐸
浮圖有四面　面有三戶六窗
戶皆朱漆　扉上五行金鈴
殫土木之功　窮造形之巧
佛事精妙　不可思議
繡柱錦鋪　駭人心目
至於高風永夜　寶鐸和鳴

鏗鏘之聲聞及十餘里

浮圖北有佛殿

丈八金像一　中長金像十

繡珠像三　織成像五

作功奇譎冠於當世

僧房樓觀一千餘間

雕樑粉壁　青瑣綺疏

栝柏松椿　扶疏拂簷

藂竹香草　布護堦墀

外國所獻經像皆在此寺

寺院牆遍戴短椽　以瓦覆之

若今之宮牆　四面各開一門

南門樓三重　通三道

去地二十丈　形製似今之端門
圖以雲氣彩仙　煊赫麗華
拱門有四力士四獅子
飾金銀加珠玉　莊嚴煥爛
東西兩門皆如之　唯樓二重
北門一道不施屋　似烏頭門
四門外普樹青槐　亘以綠水
京邑行人多庇其下
路斷飛塵　不由奔雲之潤
風送清涼　豈藉合歡之發
永熙三年二月
浮圖為火所燒
帝登凌雲臺望火

遣南陽王寶炬錄尚書長孫稚
將羽林一千　救赴火所
莫不悲惜垂淚而去
火初從第八級中出　平旦大發
當時雷雨晦冥　雜下霰雪
百姓道俗咸來觀火
哀慟聲沸　龒震京邑
時有四比丘投火而死
火經三月不滅
有火入地尋柱
周年猶見煙氣
其歲五月中
行人從象郡來云

見浮圖於海上光明照耀儼然如新

海民群皆仰之

俄而霧起　浮圖遂隱

瑤光寺

在閶闔門御道北

去千秋門二里　門內有西遊園

園中凌雲臺即魏文帝所築者

高祖於八角井北造涼風觀

登臨送目　遠及洛川

下俯碧海曲池

臺東宣慈觀　去地十丈

風生戶牖　雲起欒棟

丹楹刻桷　圖寫列仙
鑿石為鯨　背負釣臺
釣臺南　宣光殿　北　嘉福殿
西　九龍殿　殿前九龍吐水
凡殿皆有飛閣往來
三伏之月　御駕避暑
有五層浮圖一所　去地五十丈
仙掌淩虛　鐸垂雲表
尼房五百餘間
洞戶顧盼　曲廊逶迤
珍木馨卉不可勝言
亦有名族貞女性愛道場
落髮辭親　來依此寺

屏豔縟之飾　服素脩之衣
投心惟正　歸誠一乘
永安三年　爾朱兆占洛陽
縱兵大掠　猖獗無度
時有秀容胡騎數十人入寺
晝夜淫泆　鬱陶駘蕩
自此後　孌童俊雄
溷跡於青磬紅魚之間
京師豎子謠曰
洛陽男兒急攏髻
瑤光寺尼奪作婿

景明寺

景明年中立　因以為名
在宣陽門外一里御道東
其寺東西南北五百步
前望嵩山少室　卻負帝城
青林垂影　綠水為文
形勝之地　爽塏獨美
山懸堂觀盛一千餘間
複殿重房　交疏對霤
藍臺紫閣　浮道相通
雖外有四時而內無寒暑
拱簷盡處　皆是山池
松竹蘭芷　凝立欄階
含風團露　流芳吐馥

正光年　太后造浮圖　去地百仞
俯聞激電　傍屬奔星是也
寺有三池　萑蒲菱藕水物生焉
或黃甲翠鱗出沒於繁藻
或烏鳧白雁沉泅於晶波
碓磑舂簸皆用水功
時世好崇福
四月七日　京師諸像率來此寺
尚書祠曹錄像凡一千餘軀
至八日　以次入宣陽門
向閶闔宮前受皇帝散花
金簇映日　寶蓋繞雲
旛幢密若夏林　香煙繚似春霧

梵樂法音　聒動天地
百戲騰驤　所在駢比
名僧德士負錫為群
信徒㡯侶持花成數
車騎填咽　繁衍相傾
時有西域胡沙門見此
歡喜歎讚　唱言佛國

高陽王寺
高陽王雍之宅也
在津陽門外三里御道西
雍遭爾朱榮所害　捨宅以為寺
正光中　雍居丞相

給羽葆鼓吹虎賁班劍百人
貴極人臣　富兼山海
棲止第宅　匹於帝宮
白殿丹楹　窈窕緜緬
凜簷峻宇　轇轕周通
僮僕六千　伎女五百
隋珠照日　羅衣從風
自漢晉以來諸王豪侈未知有也
出則鳴騶御道文物成行
鐃吹響發　笳聲哀轉
入則謌姬舞孃擊筑嘘笙
弦管迭奏　連宵盡日
其松筠池塘侔於禁苑

芳草如積　古木冥蔭
癰嗜滋味　厚自奉養
一食必以萬錢為限
海陸珍饈方丈於前
癰薨後　諸伎悉令入道或有嫁者
美人徐月華善彈箜篌
能為明妃出塞之歌
聞者莫不動容
永安中與衛將軍源士康為側室
宅近青陽門　徐鼓箜篌引吭
哀聲入雲　行路聽者俄而成市
王有二姬　名脩容　名豔姿
並蛾眉貝齒　潔貌傾城

脩容能為綠水歌　豔姿善么鳳舞
士康聞此　遂常令徐鼓綠水么鳳之曲焉

法雲寺
西域烏場國胡沙門曇摩羅所立也
在寶光寺西　隔牆並門
摩羅聰慧利根　學窮釋氏
至中國即曉魏言隸書
凡所見聞　無不通解
是以道俗貴賤同歸仰之
作祇洹寺一所　工製甚精
佛殿僧房　皆為胡飾
丹素炫彩　金碧垂輝

摹寫真容　似丈六之現鹿苑
神光壯麗　若金剛之在雙林
伽藍之內　珍果蔚茂
芳草蔓合　嘉禾被庭
京師沙門好胡法者皆就摩羅受持之
戒行真苦　難可揄揚
祕咒神驗　閻浮所無
見之莫不忻怖
寺北有侍中尚書令臨淮王彧宅
彧博通典籍　辨慧清悟
風儀詳審　容止可觀
至三元肇慶　萬國齊臻
貂蟬耀首　寶玉鳴腰

負荷執笏　逶迤複道
觀者忘疲　莫不歎服
或性愛林泉　又重賓客
至於春風扇揚　花樹如錦
晨食南館　夜遊后園
僚寀成群　俊民滿席
絲桐發響　羽觴流行
詩賦並陳　清言乍起
莫不飲其玄奥忘其褊悋
是以入彧室者謂登仙也
及爾朱兆擾京師
彧為亂兵所害
朝野痛惜焉

市南有調音樂律二里

里內之人絲竹謳歌天下妙技出焉

有田僧超者　善吹笳

能為壯士歌項羽吟

征西將軍崔延伯甚愛之

正光末　高平失據　虐吏充斥

賊帥萬俟醜奴　寇暴涇岐之間

朝庭為之旰食

詔延伯總步騎五萬討之

時公卿祖道　車騳成列

延伯危冠長劍耀武於前

僧超吹壯士曲於後

聞之者懦夫振勇　驍客狦奮

延伯瞻略不群　威名早著
為國展力二十餘年
攻無全城　戰無橫陣
是以朝廷傾心送之
延伯每臨陣　令僧超為壯士聲
甲冑之士莫不踴躍
延伯單馬入陣旁若無人
二十年間獻捷迭繼
醜奴募善射者　射僧超亡
延伯哀惜摧毀無時或釋
後延伯為流矢所中　卒於軍旅
五萬之師　一時潰散
市西有退酤治觴二里

里中多醸酒為業

河東人劉白墮善自孕酒

季夏六月　時暑赫曦

以甖貯酒曝於日中

經一旬　其酒味不動　飲之香美

醉而經月不醒

京師朝貴多出郡登藩

遠相餉饋　踰於千里

以其遠至　號曰鶴觴

亦名騎驢酒

永熙年中　南青州刺史毛鴻賓

齎酒至藩　路逢賊盜

飲之即醉　皆被擒獲

因此復名擒奸酒

遊俠語曰

不畏張弓拔刀　唯畏白墮春醪

當時四海晏清　八荒率職

縹囊紀慶　玉燭調辰

百姓殷阜　年登俗樂

帝族王侯外戚公主

擅山海之富　居川林之饒

爭修園宅　互相誇競

崇門豐室　洞戶聯房

軒館傳颸　重樓凝靄

高臺芳榭　家家而築

華林澄池　園園必有

而河間王琛最為豪首
常與王元雍爭衡
造文柏臺　形如徽音殿
置玉井金罐　以五采繢為繩
伎女三百人　盡皆國色
有婢朝雲　善吹篪
能為團扇歌　隴上聲
琛出秦州刺史
諸羌外叛　屢討之　不降
琛令朝雲假形貧嫗　吹篪而乞
諸羌聞之　悉皆流涕
迭相謂曰　何乃棄墳井在山谷作寇也
即相率歸降　秦民語曰

快馬健兒　不如老嫗吹篪
琛常謂人云
晉室石家迺庶姓　猶能雉頭狐腋畫卵雕薪
況我大魏天潢　不為華侈
造迎風館於后園
窓戶之上　列錢青瑣
玉鳳啣鈴　金龍吐珮
素柰朱李　枝條入簷
伎女樓上坐而摘食
琛常會宗室　陳諸寶器
復引諸王按行府庫
錦罽珠璣　冰羅霧縠　充積其內
繡纈紬綾絲綵越葛錢絹不可計數

金瓶銀瓮百餘口

酒器有水晶鉢瑪瑙杯琉璃碗赤玉卮數十枚

作工奇妙　中土所無　皆從西域來

經河陰之役　諸元殲盡

王侯第宅多題為寺

壽邱里閭　列剎相望

祇洹鬱起　寶塔凌霄

四月初八日　京師士女多至河間寺

觀其廊廡幽麗　無不歎息

入其後園　見溪澗潺湲　石磴嶕嶢

朱荷立池　綠萍浮波

飛樑跨閣　高樹遏雲

徘徊流連咸皆唧唧

雖梁王兔苑想不如也

亂曰

皇魏受圖　光宅嵩洛

篤信彌繁　法教逾盛

王侯貴臣棄象馬如脫屣

庶士豪家捨資財若遺跡

於是招提櫛比　寶塔駢羅

金刹與靈臺媲暉　廣殿共阿房等弘

豈直木衣綈繡土被朱紫而已哉

暨永熙多難　皇輿遷鄴

諸寺僧尼亦與時徙

至武定五年　歲在丁卯

余因行役　重覽洛陽
城廓崩毀　宮室傾覆
寺觀灰燼　廟塔坵墟
牆被蒿艾　巷羅荊棘
牧豎躑躅九逵　田夫耕稼雙闕
麥苗之感　非獨宗周黍離之悲
京城表裡凡一千餘寺
舉目寥廓　鐘聲罕聞
嗟夫　王事如棊　浮生若夢
臨文慨悼　難喻吾懷　語云
昔日之所無今日有之不為過
昔日之所有今日無之不為不足
已矣乎　後之君子亦將怊悵於斯賦

三十三年前我遊訪洛陽，夏季，河南一帶赤風括地黃塵蔽空，真不敢相信要建都於這種地方，我的意思是黃河流域的天時確是大變了。後來回江南與朋友談起，他說：「洛中何郁郁。」公元二百年之際洛陽是草木蔥蘢，非常宜人的。我笑道：「郁郁」是指人文薈萃，不過一千七百多年前那邊的氣候，大概和現在的杭嘉湖差不多。龍門石窟可說是健在的，論整體的藝術水準，山西的雲崗石窟尤其自信、圓渾，一派概不在乎的涵量，龍門就在乎了，著名的交腳菩薩可比世家子弟，清秀，一清秀力道就差下去，菩薩和人同樣，清秀是衰象，而龍門的猙獰的天王力士，到底不過傭僕，雲崗時期是毋須此等警衛保鏢的。越明年，我又去河南，在洛陽市內走了一天，睡了一宵，滿目民房、商店、工廠……油油荒荒，什麼伽藍名園的遺跡也沒有——我想總歸要怪自己，除非一旦成了考古學家，否則不必再到洛陽來。今寓海外，以為能免而竟亦不免偶興去國離憂，在「哈佛」賦閒期間，燕京圖書館氣氛寥落，臨窗的烏木小桌上堆著大開本的書，是英譯的《世說新語》，隔洋靴而搔國癢畢竟無濟，便找原本，開卷即有魏晉人士影亦好之歡，見過人之後還想見見物，於是又翻《洛陽伽藍記》，楊衒之欲為他所處的前後代作見證，是故「文」、「史」夾雜，這種說明文有損於詩意的純粹，有礙於品味其筆致的精妍，輪到現代人後代人（以後不斷而來的青年們），恐怕都要由於不諳那段歷史而忽略了這一大篇絕妙好辭。而且楊衒之似乎並未自認此「記」是散文詩，所以某些句某些字或有斟酌推敲的餘地——我不再多想而嘗試為之了：凡已成無謂的歷史瓜葛者，節刪之；凡文字對仗容許更工整者，剔飭之；凡太散文者，詩淬之；凡尤可臻於藝術的真實者，潤色而強化之——故曰《洛陽伽藍賦》，循例卒添一「亂」，乘勢取《司馬季主論卜》的那兩句，蕚結全賦，以抒感慨。在我的心目中，常把曹魏的洛陽比作東羅馬的拜占庭，宗教、藝術、衣食住行，渾然一元的世界，已經近乎成熟的世界了，至少道理上是這樣。三年前的夏天，在羅德島消暑，曾以此篇請一位詩弟過目，他說有釋家的經卷味，也許把好的散文攟掇為詩，順利時，會起這個現象，可惜全篇並不都是順利的。再者，《洛陽伽藍賦》難諱「綺語」之嫌，非楊衒之過也，譔者自甘觸戒也。宗教與藝術終究有葷素之別，宗教是素的，藝術是葷的，宗教再華麗也是素，藝術再質樸也是葷。

一九九一

智利行

顫動的黑島上的愛情

儘管名稱叫黑島
這個傳奇的地方並不黑
一角漁村，黃土小路
凶猛碧綠的大海

戀人們雙雙來此朝聖
值巡的警察說
詩人家宅　禁止參觀
可以在外面看看，他說
當時此地的小旅店熱鬧呵
詩人身披鮮豔的斗篷
頭戴安第斯山民的便帽
軀幹高大，行動遲緩
去小旅店借打電話
為安靜計，家裡的電話拆了
他也要找旅店女主人商量
準備一席晚餐，有朋自遠方來
詩人是高段的美食家

自己能烹調百餘種異味佳肴
桌布、餐具，換之又換
他死後，一切像被妖風括盡
家人無法忍受痛苦
說遷就遷往聖地牙哥

小旅店在冷落中倒塌
黑島每十分鐘，十五分鐘
輕微的明顯的地震
巡邏的警察說得好
這裡除了地震什麼都禁止
我們早知道，早準備
一套大而惹眼的攝影機
供檢查員活活扣留

另藏一組袖珍攝影機
分乘三輛車，起勁拍錄
起勁把膠卷送往聖地牙哥
如被發覺，損失只此一卷
詩人故居的門是裡邊上鎖的
窗戶用白布遮住，氣氛悲傷
花園卻生機勃勃草木蔥蘢
詩人的妻，政變後帶走了傢具
書籍，以及他流浪期的收藏品
大海螺、船首飾、怪蝴蝶
他主要的住宅不是這座
是聖地牙哥侯爵街的那幢
軍人政變後不數日

他病情加速惡化，去世了
軍人的鎮壓小分隊即來洗劫
在花園裡用藏書燃起火堆
讀者們把詩人的家視為其詩作
新一代的情侶們絡繹而來
詩人在世時他們都不滿十歲
阻擋入內的柵欄上他們畫顆心
「胡安和羅莎，通過你而相愛
謝謝你，你教會我們愛」
還有些話，警察沒來得及擦去
「喔，將軍們，愛情不會死
一分鐘的黑暗不會使我們變成瞎子」
這次拍攝中最身受的是

那些寫滿字的木板真有生命
柵欄在扭動，接合處吱咯吱咯
地下有無數愛情在蠕滾掀翻
沒有人來阻撓，警察午餐去了
我們早已拍出計畫之外之外
哦，我最寵愛的攝影師伍戈
他酩酊於海裡的地震
鑽上鑽下，以玩命為樂
即使沒有地震，海浪也會摔死他
我又何能勸阻這妙人兒呢
狂喜在取景器裡的伍戈不停地拍
凡熟悉電影這一行的都知道
緊要關頭誰也無法指揮攝影師

十首波萊羅舞曲之後

會見愛國陣線領袖
任何一個好記者夢寐以求
小組人員安排在不同地點
我最後一刻趕到約定的場所
普羅維登西亞街汽車站
手拿當天《信使報》《新情況》
只等有人來問「您去海灘嗎」
答：「不，我去動物園」
這則暗語實在荒唐，秋天
誰會想到秋天去海灘

愛國陣線負責聯絡者認為
不致搞錯或發生誤會呀
十分鐘後，我想行人如此眾多
呆呆站著未免太觸目了
此時一個中等身材的瘦削小夥子
瘸著左腿朝我走來，頭戴貝雷帽
我搶前幾步笑口先開
「你幹麼不裝成別的呢」
他十分吃驚，洩氣地聳聳肩
「太明顯，一眼就看出來」
年輕人咬著澀果般地咧嘴了
他毫無叛逆者的傲態
剛靠近我，小型貨車就過來停住

掛有麵包店牌子，我一躍而上
傍著司機，在市中心兜來兜去
攝製組成員一一接載了
又把我們分放在五個地方
再用另外的車輛依次收拾我們
終於都在小卡上，面面相覷
小卡也裝著攝影機燈光和音響
貝雷帽的瘸子也不知何時消失
替換他的是個嚴厲的司機
「我帶你們去轉轉」他說
「讓大家聞聞智利海的味道」
收音機開到最大量，在城裡繞圈
繞得我們目眩頭暈他還不滿足

勒令我們緊閉眼睛：「孩子們」
「孩子們，現在，快給我乖乖地嘟嘟」
我記起智利婦女哄小囡睡叫嘟嘟
見我們不理會，司機怒道
「快，嘟嘟，我不叫就別睜眼」
後座的意大利人怎懂智利方言
我譯道「你們立即睡覺」
他們慌忙擠作一堆垂頭閉目
我卻還在辨認穿過的街區
「夥計，你也給我嘟嘟，快嘟嘟」
我闔瞼狠狠將後腦勺靠在座背上
收音機播放波萊羅舞曲
勞爾・丘・莫雷諾

盧喬・珈蒂卡
烏哥・羅瑪尼
徠奧・馬里尼

時光流逝，歲月催人老
一代接一代，舞曲昔在今在永在
小卡幾度停住，有竊竊私語
繼之是司機的嗓音「好，再見」
我忍不住啟一線眼縫
哪知他已移轉了後視鏡
「小心點」他叫道
「誰睜眼，咱們就結束兜風回老家」
我迅即闔上兩枚多餘的眼睛
跟著收音機唱「我愛你

你會知道我是愛你的」
意大利人都和我的調
司機高興了「這就對
孩子們，你們唱得蠻不錯嘛
你們的安全沒有問題」
在流亡之前，這聖地牙哥
蒙住眼睛我也能辨認
宿垢的血腥——屠宰場
機油、鐵路器材的氣息——聖米格爾區
造紙廠的怪味——離奎爾納卡出口不遠了
煉油廠的煙——是阿茲爾卡波查爾科一帶
可奈此時我什麼也聞不著
舞曲一首一首，十首過去十一首

車停，「別睜眼」
「別睜眼，手拉手挨個下車」
我們像一串瞎子，緊拉著不脫手
腳下的土質鬆鬆，忽高忽低
這條路如此崎嶇，漸漸進入陰地
涼意襲人，刺鼻的魚腥
好像到了瓦爾帕萊索海邊
但沒有時間遐想了
司機宣布撤銷禁令——睜眼
牆壁潔淨，小房間
廉價的傢具，保養得好好的
一位高個兒，穿著講究，假鬍子
我說「你的化妝真太差勁

這種鬍子誰也不信任」

「太匆忙了」他扯掉這片毛才與我握手

說說笑笑，轉向隔壁

十分年輕的男子躺在床上

頭纏繃帶，看來處於昏迷之中

我們算是到了一家地下醫院

受傷者正是費爾南多・拉雷納斯・塞格爾

智利當局搜捕的頭號人物

二十一歲，醒來後，隨即

以充沛的精力回答了我們的許多問題

羊羔肉鷹嘴豆和麥渣

夜晚我要去的地方
是我希臘外公的屋子
而今一直由我母親住著
我在那裡度過童年
走廊長長，過道陰陰，迷宮般的睡房
廚間寬敞，再下去是牲口圈、馬廄
這地域農民叫作大柑林
清甜的香息隨時撲鼻而來
草葉尤其茂密，鮮花怒放
到了老屋前，車未停穩我就跳下

小徑幽寂，穿過黑暗的院子
一條蹣跚的狗來我腿間鑽嗅
繼續走，似乎不會有人跡了
每一步恢復一件往事
記憶交織得難以承受
長廊盡頭是客廳，門口散出燈光
止步，想了想，探身進去
母親坐在那裡，客廳很大，屋頂高
牆壁光禿，她的椅子背朝門
旁邊黑鐵火盆，水壺淡淡冒氣
另一把同樣的扶手椅上是我舅舅
沒有別的傢具，二人端坐無語
目光朝著一個方向，像在看電視

面前只是空白的堊壁
我步入客廳，她們毫無反應
「噢，這裡是沒人招呼的嗎」
母親緩緩站起，轉身而開言
「你是我兒子的朋友吧，我擁抱你」
自從十二年前我逃離祖國
舅舅一直沒見過我，此刻他兀坐不動
頭年九月在馬德里我與母親曾會面
而今她擁抱我，認不出來了
我緊捏她的雙臂搖晃
「仔細看著我，克里斯汀娜
是我，我，是我呀」
她換了一種目光，仍然無濟

「不」她受苦地說「我真不知你是誰」
「可是，我就是你的兒子米格爾呵」
她重新打量，臉色忽而蒼白
我扶住她，舅舅站起來又坐倒
他說「我現在死也可以瞑目了」
我讓母親坐穩，急忙和舅舅擁抱
他只大我五歲，頭髮全白
舊毯子裹著瘦小的身子，沒有熱氣
結過婚，分居了，從此住在這裡
向來孤單，少年時就像個老頭兒
「別瞎說啦，舅舅，開瓶酒吧
為我的凱旋慶祝一番吧」
母親擺擺手，像往常那樣

「我有，我有做好的馬斯圖爾」
馬斯圖爾製作起來挺費事
希臘人家只在大節慶喝得到它
它用羊羔肉鷹嘴豆和麥渣燒成
有點像阿拉伯人的庫庫斯
今年第一次毫無目的地做了，母親說
做的時候實在不知哪兒來的興致
我們喝著馬斯圖爾談著馬斯圖爾
吃罷了這頓想慢些又想快些的晚餐
甜飲之後，舅舅進臥室了
母親十六歲出嫁，第二年生下我
所以我清楚記得她二十歲時的模樣
秀麗、溫柔，我是她的一個布娃娃

此番歸來，看到我這身打扮
你倒像個神父，她喪氣地說
她看慣我穿碼頭工人服
我不說出喬裝改樣的原委
免得影響她眠食，讓她去
讓她認為兒子一切都合法
或許母親也在想，讓他去
讓他當我什麼也猜不著邊
天亮前，她拉著我的手，走過庭院
端一個古老的銀燭盤
院子深處有間屋子，輕輕開了鎖
在軍人最後一次抄家之後
我與妻和孩子竄往墨西哥

母親聘了某位熟識的建築師
將書房的木板挨塊拆下來
編號、包裝，運回帕爾米亞老家
眼前的佈置，像我沒有離開過一樣
年輕時寫的劇作，電影腳本草稿
舞臺設計圖樣，各在老位置上
零亂，慌忙，驕狂，悲愴
臨走時刻的那派色調，那股氣味
凝固在這燭光照見的房屋裡
母親如此做，為了什麼
使我悼念她，抑是使她悼念我

智利導演米格爾·利廷，被列在絕對禁止返回故土的五千流亡者名單中。

十二年過去，即是到了一九八五年初，他以祕密手段潛入智利六個星期，拍攝七千多公尺長的影片，實錄了軍事獨裁統治之後的智利真面目。利廷改變臉形，更換說話腔調，使用偽證件，在地下民主組織的掩護下，率領三個歐洲小組，及國內抵抗運動的六個青年小組，以拍攝商業廣告為名，沿著國土縱深方向邁進，卒達心臟地區拉莫芮宮——成果是一部四小時長的電視片，一部兩小時長的電影。一個智利的男人做了這件事。另一個哥倫比亞男人加西亞．馬奎斯，在馬德里與利廷談這件事，好幾天，談得精疲力竭，然後馬奎斯把長談理成十個篇章，原稿六百頁，壓縮為一百五十頁，發表了，被列為報告文學，以示純係述錄。「但文字風格是我的。」馬奎斯說，「作家的嗓音不可更替。」大抵如當仁不讓然，當文，亦不讓。一個哥倫比亞的男人在做了很多事之後，又做了這件事。我在某次車程中閱完這本電影導演歷險記，像我這把年紀的中國男人，很熟悉此種黑色浪漫，不過中國的情況總是比較窩囊，凡有黑色浪漫難免黏黏糊糊，至今纏夾不清而且將會大纏大夾血肉橫飛。利廷是身入其境，性命交關，馬奎斯已可自持距離，有暇注意人情味，我則但取幾個段落，寫二百六十餘行，疏忽真實而泛攬象徵。第一章，巴勃羅．聶魯達，只稱「詩人」我想就夠了；第二章，地名人名倘若換了別地別人，也沒有什麼要緊；第三章，母與子，用中古風俗畫的手法，浪子回家，還得去浪，「視死如歸」是一種精神，「視歸如死」是一種心情，浪子不死，大有可浪，利廷不與虎謀皮，是剝了皮就走，差堪令濟濟浪子之流氣壯神旺——都道民主是天命，民主是人事而非天命。這首敘事詩也只在瑣瑣碎碎的凜然細節上寄託興趣，猶如鬚眉，哦，男人的興趣。

一九八九

門戶上方的公羊頭

詩人St-Jean Perse
在*Exile*中有一句
詞意是否這樣
「人生像一個漆成紅色釘在
門戶上方的公羊頭那般美麗」
我想，至多也只能說
人生有時會像被漆成紅色的公羊頭

釘在門戶上方足足美麗了好幾天

下午之前，安娜是不起床的
兩點半，三點
來電話了——你好，今晚有什麼節目
她總要禮貌地先問
通常她是決定什麼了的
八點，我與莫洛到達萬神廟
升抵阿爾泰利大廈頂層
面帶煩色的女傭開門
客廳的桌上有冰塊，鹹脆小麻花
高腳杯、紅牌約翰走路
坐下來喝酒，往往要閒一個鐘頭

端著酒杯踱到陽臺邊
蒼茫羅馬在黃昏中煥著金紫柔光
夕陽之美誠然是純為羅馬式微故
背後傳來內房安娜的嗓音
發號施令，氣氛卻是和諧的
她當時的男友會早半小時出現
稍含疑心，很禮貌地招乎
自擇椅子坐定，臉上睡意未消
終於安娜神采飛揚衝進客廳
她有私人出入的電梯間
我們降落在廣闊多蔭的中庭
泊著三輛豪華轎車
准許她的年輕人駕駛

她還是喜歡自己開，開得真好
羅馬一團糟的交通對她根本無關
年輕人兀坐，不出聲

安娜與莫洛談個勿停
法蘭琪・莫洛是西西里人
安娜・麥藍尼生長在羅馬
共用拉丁、地中海的直爽
我們從不問去哪裡用餐
她的選擇錯不了
侍者像奉承皇后般地
等她點酒、沙拉和主菜
菜單也不看一眼
似非最好的風度

沒有比這更棒的了
每頓晚餐總是驚喜的盛宴
飲罷咖啡，安娜吩咐侍者
用大袋子把吃剩的都裝起來
羅馬午夜巡禮伊始
飢餓的野貓等候她去餵
古公會廣場，圓形競技場
苔珀里河橋堍，平民別館
大袋子告罄，返回公寓
接出黑色的德國大牧羊犬魯波
先前那隻同種的狗老死之後
我物色到魯波，安娜也就收了
牠上車躺下便將後座占滿

直駛平民館，放了出去
魯波追著車沿馬橋奔跑
車轉向范尼圖大道羅莎蒂酒廊
允順我，喝一杯睡前酒
安娜除了葡萄酒概不在懷
莫洛飲特製的咖啡
年輕人伸展一對修長的腿
淺啜甜釀，雙眼半閉
安娜混合了幾種情愫時時瞟他一眼
對於我的離不開威士忌，她表示悲傷
夜已深，范尼圖大道行人絡繹
慢下腳步訝然打量這發光的美女
羅馬夜晚無處不在的攝影師

安娜總是忍耐片刻，罵走了他們
我與法蘭琪的車泊於大廈後廣場
送她到玻璃帷幕的戶外電梯
再見再見，親愛的，再見，再見
又吻又擁抱，她入電梯，年輕人跟進
她燃燒的眼凝視他謎樣的臉
電梯冉冉升向空中直上頂層
她是我此生所見最不受俗例約束的人
將我們緊拉於一起的神祕原因
在她是尊嚴與自信的天賦底氣
在我是深知欠缺尊嚴與自信的罪孽感

與一位美國劇作家的夫人閒談，我說到美國人知進不知退，是指以退為進的自求昇華，她微笑道，美國文士早就廢置了「昇華」一詞——何止美國，何止文士，現代人個個生於浮華卒於浮華，既然人已如此事已如此，犯不著再要文學、藝術。一九七五年田納西·威廉斯的《回憶錄》出版，嘩了眾取不了寵，這湯姆算是老派人，精煉乏術，頹廢無能，只在性欲上饕餮不已，整本回憶錄沒有「文學」可言，卻有「人」可觀，莫洛·法蘭克第一，琪浦次之，法蘭克是天使、情聖、生活的俊才，琪浦是精靈，性格奇，美不更事，尤美，此外的三十次戀，等於三十瓶酒，多數是劣酒。記羅馬名演員安娜·麥藍尼的一段，使我取來詩事之的原委是：其實早已沒有上流社會，菁英份子至多達到像這一章中所描述的狀態，羅曼蒂克殘山剩水，硬做的瀟灑總嫌平民氣，此等人再翹楚自若，優越感是動物性的，和平年代中的亂世男女。我童年時看到威士忌瓶上的約翰在走路，便跟著走走不覺半個世紀，人類走向蟲類，豔麗的糊塗蟲——如果是諷刺，倒好了，無奈半點諷刺的意味也沒有，諷刺是奢侈的，情況卻一貧如洗，一洗如貧。

一九八四

魏瑪早春

溫帶每個季節之初
總有神聖氣象恬漠地
剴切地透露在風中
冬天行將退盡
春寒嫩生生
料峭而滋潤
漾起離合紛紛的私淑記憶

日復一日
默認季節的更替
以春的正式最為謹慎隆重
如果驟爾明暖
鳥雀疏狂飛鳴
必定會吝悔似的劇轉陰霾
甚或雨雪霏霏
春天不是這樣輕易來
很像個雍容惆悵威儀弗懈的人
也因有人深嗜痼癖很像春天之故
溫帶濱海的平原
三月杪地氣暗燠
清晨白霧濛濛

遲至卓午才收升為大塊的雲
躉在空中被太陽照著不動
向晚　地平線又糊了
有什麼願欲般的愈糊愈近
田野阡陌迷茫莫辨
農舍教堂林藪次第浸沒乳汁中
夜色反而不得按時籠黑
後來圓月當空就只一灘昏黃的暈
浩汗的矜式
精緻的疑陣
春天雖然很像深嗜痼癖的人
那人未嘗預知春天與之相似
寒流來時颳大風

窗扉嚴閉的居室
桌面一層灰　壁爐火焰如畫
恬漠剴切的神聖氣象隱失
這就看柳和山茶　木蘭科的辛夷
木犀科的 Jasminum nudiflorum
可知行程並未停頓
如果遠處一排柳
某日望去覺察有異
白霧含住淡綠的粉
那已經是了
無數細芽綴滿垂條
儇佻　磊落
很像個極工心計又憨戀無度的人

但春天怎會是個人

花的各異
起緣於一次盛大的競技
神祇們亢奮爭勝
此作 Lily　彼作 Tulip
這裡牡丹　那裡菡萏
朝顏既畢　夕顏更出
每位神祇都製了一種花又製一種花
或者神祇亦招朋引類
故使花形成科目
能分識哪些花是神祇們稱意的
哪些花僅是初稿改稿

哪些花已是殘剩素材的併湊
而且濫施於草葉上了
可知那盛大的比賽何其倥傯喧豗
神祇們沒有製作花的經驗

例如 Rose
先就 Multiflora
嫌貧薄　改為 Aeieularis
又憾其紛紜　轉營 Indica
猶覺欠尊貴　卒畢全功而得 Rose rugose
如此則野薔薇　薔薇　月季　玫瑰
不計木本草本單葉複葉
它們同是離瓣的雙子植物
都具襯葉　花亦朵朵濟楚

單挺成總狀　手托或凹托
萼及花不外乎五片　雄蕊皆占多數
子房位上位下已是以後的事
結實之蒴之漿果也歸另一位神祇料理
蓋盛大而歷時頗久的比賽告終之夕
諸神倦了　軟弱了
珍惜起自己的玩物來
願將繁殖的遺傳密碼納入每件作品
誰纂密碼　諸神中最冷嫺的一位
也許祂逡巡旁觀未曾參賽
競技的神都倦了軟弱了
那些不稱意的草稿
殘剩素材的併湊物誤合物都沒有銷毀

冷嫻的神將密碼
像雨那樣普灑下來
諸神笑著飛去了
天空出現虹
地上的花久久不謝
因為是第一代花
後來的植物學
全然無能詮釋花的詭譎
囁嚅於顯隱之別被子裸子之分
那麼花之冶豔不一而足
其瓣其芯其蕊其萼其莖其梗其葉
每一種花都如此嚴酷地和諧著
它們自身覺識這份和諧嗎

獸鳥鱗蟲能稍稍感知這份和諧嗎
植物為了延種
藉孢子藉核仁藉地下莖便可如願
花葉平凡的植物的生存力更強旺哩
而 Cryptogamia 呢
羊齒植物蘚苔菌藻無花果不是到處都有嗎
棽麗絢爛的花卉豈非徒然自尊自賤了
花的製作者將自己的視覺嗅覺留予人
甚或是神製作了花以後
只好再製作花的品賞者

有一株樹
曾見一株這樣的樹

冬季

晴和了幾天
不覺彤雲靉靆
萬千烏鴉出林聒鳴飛旋
鄉民謂之噪雪
稱彤雲為釀雪
風凜冽
行人匆匆回家
曾見一株樹在這樣的時日
枝頭齊茁蓓蕾
淡絳的星星點點密佈椏條
長勢迅速　梢端尤纍纍若不勝載
際此　雪紛紛下

無數花苞仰雪綻放
雪片愈大愈緊
群花朵朵舒展
樹高十米
幹圍一點五米
葉如樟似楊
頂冠直徑十餘米
花狀類乎扶桑之櫻
色與雪同
吐香清馥
冬季中下幾遭雪
發幾度花
霰霙之夕

寂然不應
初雪之頃無氣息
四野積雪豐厚
便聞幽馨流播
晝夜氤氳
雪銷
花凋謝
植物誌上沒有這株樹的學名
中國洞庭湖之南
湘省　洞口縣　水口山
樹在那裡已兩百多年
一八三二年冬末　春寒陣陣

三月十五日歌德出了一次門後感冒了
好轉得還是快的　起床小步　盼望春天
二十日夜間忽然倒下　應當請醫生
他拒絕了　二十一日
只見他時而上床時而坐到床邊的靠椅
驚恐不安　佛格爾大夫緩和了他的苦楚
已經完全沒有氣力
二十二日十一點半　歌德死
那天是星期四　星期五清晨
弗列德里希開了遺體安放室的門
歌德直身仰臥
廣大的前額內彷彿仍有思想湧動
面容寧適而堅定

本想要求得到他一綹頭髮
實在不忍真地去剪下來
全裸的軀肢裹在白色布衾中
四周置大冰塊　弗列德里希雙手輕揭白衾
胸脯壯實寬厚　臂和腿豐滿不露筋骨
兩腳顯得小而形狀極美
整個身體沒有過肥過瘠之處
心臟的部位　一片寂靜
他在彌留之際　曾問日期　並且說
這樣　春天已經開始
我可以更快復元了
八年前　春天將來未來時
歌德以素有的優雅風度接見海涅

談了每個季節之初的神聖氣象
談了神祇們亢奮的競技
談了洞庭湖南邊的一棵樹
又談到耶拿和魏瑪間的林蔭道
白楊還未抽葉　如果是在仲夏夕照中
那就美妙極了　歌德忽然問
您目前在寫什麼
海涅答道　浮士德
當時歌德的浮士德第二部尚未問世
海涅先生　您在魏瑪還有別的事嗎
從我踏進閣下府門的那一刻起
我在魏瑪的全部事務都結束了
語音才落　鞠躬告辭

這是十分歌德和十分海涅的一件事
那使到了春寒料峭的今夜
寫浮士德這個題材的欲望還在作祟
都只因靡菲斯陀的簽約餘瀋未乾
葛萊卿做了些事　海倫與歐弗列昂沒戲做
終局　浮士德的仆倒救起何其易易
神話史詩悲劇說過去就此過去
再要折騰　況且三者混合著折騰
斯達爾夫人也說是寫不好的
而當時　海涅告辭之後
歌德獨坐客廳　未明燈燭
久之　才轉入起居室
海涅踐身於回法國的馬車中

郊野白霧茫茫
也想著那件實在沒有什麼好想的事

一九八八

米德蘭

上橫街買菸
即點一支
對面直路兩旁的矮樹
綴滿油亮的新葉
這邊的大樹枝條仍是灰褐
諒來也密佈芽蕾
因為很高

有待綻肥了才鬧綠意
想走過去
繼而回來了
到寓所門口
幡然厭惡室內的沉濁氛圍
戶外清鮮空氣是公共的
也是我獨占的
慢跑一陣
在空氣中游泳
風就是浪
這牙買加區以米德蘭為主道
岔路都有坡度
路畔或寬或窄的草坪

獨立的小屋座於樹叢中
樹都很高了
各式的門和窗都嚴閉著
悄無聲息
潔淨　安謐
沒有別的意思
倘若誰來說
這些屋子全沒人住
也不能反證他是在哄我
因為是下午
晚上窗子有燈光
便覺得裡面有人
如果孤居的老婦死了

燈亮著
死之前非熄燈不可嗎
她早已無力熄燈

這樣
每夜窗子明著
明三年　五年
老婦不可憐　那燈可憐
幸虧物無知
否則世界更偪促紊亂
幸虧生活在無知之物的中間
有隱蔽之處
迴旋之地
憩息之所

落落大方地躲躲閃閃
一代代蹙眉竊笑到今天
我散步
昨天可不是散步
昨天豪雨
在曼哈頓縱橫如魔陣的街道上
與友人共一頂傘
我倆大　傘小
只夠保持頭髮不溼
去圖書館
上個月被罰款了
第一個發起這辦法的人有多聰明
友人說　坐下看看嗎

我的鞋底定是裂了
襪子全是水
這樣兩隻腳　看什麼書
於是又走在街上
大雨中的紐約好像沒有紐約一樣
倫敦下大雨　也只有雨沒有倫敦
古代的平原
兩軍交鋒
旌旗招展　馬仰人翻
大雨來了
也就以雨為主　戰爭是次要的
就這樣我倆旁若無紐約地大聲說笑
還去注意銀行的鐵欄杆內不黃不白的花

狀如中國的一般秋菊
我嚷道　菊花開在樹上了
被大雨濯得好狼狽
我友也說真是踉踉蹌蹌一樹花
我們人是很絮煩的
對於喜歡的和不喜歡的
都想得個名稱
面臨知其名稱的事物　是舒泰的
如果看著聽著　不知其名稱
便有一種淡淡的窘
漠漠的歉意
幽幽的尷尬相
所以在異國異族

我不知笨了多少
好些植物未敢貿然相認
眼前那枝開滿朝天的紫朵的
應是辛夷　不算玉蘭木蘭
誰知美國人叫它什麼
而且花瓣比中國的辛夷小　薄
即使是槭樹　杜鵑花　鳶尾　水仙
稍有一分異樣
我的自信也軟弱了
哪天回中國
大半草木我都能直呼其名
如今知道能這樣做是很愉快的
我的姓名其實不難發音

對於歐美人就需要練習
拼一遍　又一遍　笑了
也是由於禮貌　教養
使這個世界處處出現淡淡的窘
漠漠的歉意　幽幽的尷尬相
和平的年代
諸國諸族的人都這樣相安居
相樂業　相往來
戰爭爆發了
人與人不再窘不再歉不再尷尬
可見戰爭是壞事　極壞的事
與戰爭相反的是音樂
到任何一偏僻的國度

每聞音樂　尤其是童年諳熟的音樂
便似迷航的風雨之夜
驀然靠著了故鄉的埠岸
有人在雨絲風片中等候我回家
公寓的地下室裡有個打雜的老漢
多次聽到他吹哨
全是海頓爸爸莫札特小子
沒有一點山姆大叔味兒
我也吹了　他走上來聽
他奇怪中國人的口哨純粹維也納學派
這裡面有件超乎音樂的重大懸案
人的哭聲　笑聲　呵欠　噴嚏
世界一致　亙古如斯

又怎會形成盤根錯節的種種語系
動物們沒有足夠的語言來折騰
顯得呆滯　時常鬱鬱寡歡　伸懶腰
人類立了許多語言學校　也沉寂
悶悶不樂地走進走出
生命是什麼呢
生命是時時刻刻不知如何是好
我是常會迷路的
要去辦件事或赴個約尤其容易迷路
夜已深　停車場那邊還站著個人
快步近去　他說　給我一支菸
我給了　心想　還很遠　難尋找
需要菸來助他思索

他吸了一口　又一口
指指方向　過兩個勃拉格就是了
我很高興　賞味他的優雅
如果我自己明白過兩個街口便到
又知道這人非常想抽菸
於是上前　他以為我有所求
我呢　晚安　給他菸　點火
這樣的事是不可能作成的
知誰是處於無菸而極想抽菸的時刻
而且清鮮空氣中的游泳感已沒有了
一陣明顯的風
吹來旎旎馣馣的花香
環顧四周　不見成群的花

人和犬一樣　將往事貯存在嗅覺中
神速引回學生時代的春天
那條殖民地的小街
不斷有花鋪　書店　唱片行　餐館
法蘭西的租界　住家和營商的是猶太人
又弄成似是而非的巴黎風
也是白俄羅斯人酗酒行乞之地
書店安靜　唱片行響著
番茄沙司加熱後的氣味溜出餐館
現磨現煮咖啡把一半精華送給過客了
花鋪的馝馞濃香最善於氾濫到街上來
晴暖的午後　尤其郁郁緋緋眾香發越
陽光必須透過樹叢

小街一段明一段暗
偶值已告觖絕的戀人對面行來
先瞥見者先低了頭
學院離小街不遠
同學中的勁敵出沒於書店酒吧
大家一聲不響地滿懷凌雲壯志
喝幾杯櫻桃白蘭地
更加為自己的偉大未來傷心透頂了
誰曾有心去同情潦倒街角的白俄羅斯
誰也料不到後來的命運落得與彼一轍
陣陣泛溢到街上來的最易辨識的是
康乃馨的清甜和鈴蘭的馥馧
美國的康乃馨只剩點微茫的草氣

這裡小徑石級邊不時植有鈴蘭
試屈一膝　俯身密覷
全無香息　豈非啞巴　瞎子
鈴蘭又叫風信子　百合科
葉細長　自地下鱗莖出　叢生
中央挺軸開花如小鈴　六裂　總狀花序
青　紫　粉紅　何其緊俏芬芳的花
怎麼這裡的風信子都白癡似的
我又懷疑自己看錯花了
不是常會看錯人嗎
假如哪一天回中國去
重見鈴蘭即風信子
我柔馴地凝視　俯聞　凝視

想起美國有一種花
極像的　就是不香
剛才的一陣風不再了
三年制專修科我讀過兩年半
告別學院等於告別小街
我們都是不告而別的
三十年後殖民地景過情遷
法國人猶太人俄國人都不見了
不見那條街　學院也不見
問來問去　才有說那灰黑的倉庫
龐然的陰沉的冷藏倉庫
便是我的學院的舊址
為什麼要這樣的呢

街怎麼會消失的呢
巡迴五條都無稍見彷彿
不是已經夠傻了嗎
站在這裡等再有風吹來花香
仍然是這種傻　啟步
雖則沒有人　很少人　凡出現的
都走得很快　我慢了就是散步
散步本非不良行為
一介男士　也不牽條狗
下午　快傍晚了
在春天的小徑上彳亍
似乎很可恥
世界已經是　已經是無人管你非議你

也像有人管著你非議著你一樣的了
那些城市居民會遁到森林冰地去
想擺脫冥然受控制的惡劣感覺
感覺　去盡所有身外的羈絆
還是困在自己靈敏得木然發怔的感覺裡
葉子的香味起來了
先以為是頭上的樹葉散播的
轉眼瞥見這片草地剛用過刈草機
那麼多的斷莖
足夠形成涼澀的沁胸的清香
是草群大受殘傷後的綠的血腥啊
暮色在前　散步就這樣了
我們早已不能整日整夜在戶外存活

工作在桌上　睡眠在床上
生育戀愛死亡都必須有屋子
牙買加區的屋子都有點童話趣味
介乎貴族頹唐與平民奢望之間
小布爾喬亞的不安份
貴族下墜摔破了華麗
平民上攀遺棄了樸素
一幢幢弄成這樣　這樣
我在幼年的彩色讀物中見遇它們
勞作課上紙板搭的就是它們的雛型
幾次散步　一一評價過了
少數幾幢的直角斜度弧線有情致
材料質感表層色感多數是謬誤的

就此一路謬誤著　叫人看其謬誤
那造對了造好了的屋子為它高興吧
耽心裡面住的會不會是很笨很醜的人
兼而耽心謬誤屋裡住著聰明美麗的一家
於是教堂中走出神甫
寺廟臺階上站著僧侶
就免於此種款式上的憂慮
紀念碑難免市儈氣
紀念碑不過是說明人的記性差極了
最好的是塔
實心的塔　只供眺望
也有空心的塔　構著梯級
可供登臨　也不許人居住

塔裡冒出炊煙晾出衣裳
引起人們大嘩大不安
又有什麼要義含在裡面而忘卻了
高高的有尖頂的塔
起造者自有命題
新落成的塔　眾人圍著仰著
紛紛議論塔的身世
其聲如潮　潮平而退
從此一年年模糊命題
塔角的風鐸跌落
沒有人再安裝上去
春華秋實　塔只是塔
徒然地必然地矗立著

東南亞的塔群是對塔的誤解　辱沒
不可歌不可泣的孤獨才是塔的存在
牙買加一帶的屋子是不孤獨的
明哲保持人道的距離
小布爾喬亞不可或缺的矜持
水泥做的天鵝
油漆一新的提燈侏儒
某博士的木牌
車房這邊加個籃球架
生息在屋子裡的人我不會全部認識
這些屋子是漸漸熟稔了
牙買加四季景色形成我不同性質的散步
回來時　走錯了一段路

因而不再是散步的意思了
幸虧物無知　物無語
否則歸途上要被屋子和草木嘲謔了
一個散步也會迷路的人
我明知生命是什麼
是時時刻刻不知如何是好
所以聽憑風裡飄來殖民地小街上的花香
習慣於眺望命題漸漸模糊的塔
在一頂小傘下評騖大雨中的古戰場
任何事物　當它失去第一重意義時
才有第二重意義顯出來
時常覺得是第二重意義容易由我靠近
與我適合　猶如墓碑上倚著一輛童車

熱麵包壓著三頁遺囑　以致晴美的下午
就此散步在第二重意義中而儼然迷路了
我別無逸樂　每當稍有逸樂
哀愁爭先而起　哀愁是什麼呢
要是知道哀愁是什麼　就不哀愁了
生活是什麼呢
生活是這樣的
有些事還沒有做
一定要做的
另有些事做了
沒有做好
明天不散步了

一九八四

倒影之倒影

春日午後
睡著了又醒來了
想起可以喝咖啡
喝罷，洗完澡對鏡
髭鬚又該刮了
都說鬍子在美國長得快
我也這樣才問別人的

髭鬚之曼妙在於想留則留
不留則隨手除去
除去而又萌留鬚意
數日後鬑鬑頗有
髭鬚是這樣易於取捨
其他就不能失而復得了
例如我自己上街買水果
水果鋪子是我的藥房
徘徊一陣空手出來，立在大街上
如果面對哈德遜河
右向一箭之遙是哥倫比亞大學
大學正門兩尊石像
裂了，修補好了

始建大學之際美國文化面目不清
立起這麼兩個似是而非的希臘男女
（又不算麥克和珍妮）

每次看見它們心裡就空泛落漠
怨懟此身所隸屬的世紀
是否在糟粕的濁浪滔滔而去之後
將來有人歎曰：還是二十世紀好
這個論點是寒傖可恥的
看我能不能獨力駁倒它

我需要一本書，來這裡找一本書
什麼書名誰著的，見到了就知道
怡靜的，長岸似的書桌
一盞盞忠心耿耿的燈

四壁屹立著御林軍般肅穆的書架
下行的階口憑欄俯眺
書窀穸，知識幽谷 學術之寢陵
我訕然滿足於圖書館的景色
不欲取覽任何一本單獨的書了
想抽菸，草坪合法抽菸
中心主樓的圓柱、柱頭，破風
高高臺階，中層間一平面
端坐著全身披挂的女神
智慧女神即收穫女神之流吧
雕像座下剛開過音樂會
椅子，幾件不畏曝炙的樂器
歪斜著，晚上還有一場

紙片，食品袋，飲料空罐
疏落有致散在層層石級上
風吹得動的，飄起，滾轉
停一停，又飄，又滾
哥倫比亞大學似乎很疲倦
其內核總還是一如既往地騰旋
一幢幢大樓，精神的蜂房
思維的磨坊，理論與實驗的巫廚
從中世紀步行來此的人只會這樣說
近幾年，哥倫比亞大學平平過
草坪上的年輕人比石階上的更多多
女的半裎，男的近乎全裸
大意是：享受初夏之日光

三五成群，悄悄談論，婉然臥倒
就此不再起來似的賞心悅目
那衣裙整飭也很年輕的母親
推著小篷車，有方向地經過草地
我以為櫻花正是時候
杜鵑花紫藤花開得爛漫
大風忽起，粉紅散瓣飛舞
那麼櫻花是凋謝了
前幾天我在做什麼
「艾克思寇司彌」有人請讓路
運送學位禮服的手推車
一襲襲直挺挂在衣架上
薄，滑亮，人造纖維

不該有的縐褶並未熨平
飄飄蕩蕩，黑的藍的黃的白的
學士碩士博士，人生如夢
現在是禮服也不耐煩講究了
不再取羊毛蠶絲苧蔴棉質了
我已步近兩個金髮的孿童
真的，還是這樣蹲在路邊好
地上櫻花瓣，捧起互灑在頭上
鬈髮柔靡，不笑，不說話
花瓣涼涼的，癢癢的
灑了又捧，又灑，不會停止的
我將視線轉向中央的直路
路的西側擺開一列貨攤

學生們的多餘物品希望出售
往昔在我漫遊各國的年月裡
每逢舊貨市場總有一番迷戀
人的傷感可厭，物的傷感可愛
舊物匯集，多半濟濟於露天
布篷帳，好像不時有風吹著
攤主一聲勿響，模糊似剪影
羅列以小件為主，分類無法嚴明
能懸挂的都高高低低吊起來
風吹著，輕輕碰觸，友善
所有物件無論如何都是黯澹的
各有認命不認輸的表情，說：
買不買是您的事，我總在這裡

大學的草坪上出現舊貨攤
不無海市蜃樓適逢其會之感
一雙長統男皮靴標價九角
等於一枚托根或一只哈道格
這是個唯有學生才想得出來的價格
皮質原是上好的，還沒枯裂
多眼的結帶的圓頭而平跟
大可再度時髦起來的靴子啊
毋須試穿便知正合我的腿和腳
二次大戰前的款式，還要早
林肯先生做律師時的遺物
買了這雙靴，得有相配的衣褲
我撫摩了，輕輕放下

似乎告別一場南北戰爭
（靴底的泥跡是那時候沾的）
我走，走了幾步，不免回首
靴子抖動了一下
彳亍彳亍，過來倚在我腳邊
多眼的結帶的高統圓頭平跟
寧是佛蘭克林以印刷新聞起家之際
如果買回去，放在書架頂層
其下是佛蘭克林的自傳，哦
無疑情趣盎然，當佛蘭克林說
「我絕不反對把生活從頭再過一遍」
我驚覺自己難於說得如此爽朗
這位老闆十分精明，他想把

幾件不良事故改得差強人意些
他忽而補充道，「即使不逢凶化吉
我還是願意接受這個機會」
靴子呢，靴子不見了，靴子
它已走回去縮在拖鞋與球鞋之間
高統子耷倒了，九毛錢也沒人買
親愛的，我買了回去不穿不陳列
豈非成了一種有傷閣下自尊的收容
任何慈善行為都是我所未曾有的
別了，佛蘭克林的靴子
佛蘭克林就有這點美國式的悟性
把生活重過一遍的念頭人人有
人人不說，他說了，說開了

大家高興得真像重過了一遍似的
只有那個法國來的移民並不高興
他獨自坐在草坪的一塊大石上
此莽漢全身肌肉大緊張
傴背，曲肱臂以支撐下顎
腳趾牢牢扒住底座，那石塊
誰在思想的當兒是這副模樣的呢
腦活動、全身肌肉鬆弛下來
深度的沉思冥想，靈智運轉
使人的四肢、面部，停止表情
怎會有這許多皮肉筋骨的戲劇性呢
這個雕像置在陽光下也是錯誤的
太陽嫉妒思想，思想也憎惡太陽

陰霾的冬天，法國北海岸的小荒村
安得列在寒風中等了一個下午，直到深夜
化用假名的奧斯卡終於酩酊歸舍
醉眼昏花，認出了原來是你呀
奧斯卡大為動衷，說：親愛的
你知道，思想最初是產生在陰影裡
「什麼」，那雄傑的莽漢叫起來
他下了座子，高舉兩臂劃了個弧形
少見的十分壯麗的大懶腰
「你們在說什麼」，我反問「你在想什麼」
他笑，粗獷嫵媚，呵欠散了笑容
「有什麼可想的，都一樣，一樣的」
你知道這裡是什麼地方嗎，這裡

「誰知道呢，草地、房子，都這樣」
我摩挲他的肩背，體溫好高呢
他說「冬天你來摸摸我看」
好，冬天再見，你還是坐在這裡
法國北海岸荒村旅舍，夜深了
奧斯卡接續對安得列說
「你知道，思想產生在陰影裡
太陽是嫉妒思想的
古代，思想在希臘
現在思想在俄羅斯
太陽就將征服俄羅斯」
說這話的人死於一九〇〇年
他的「現在」離今已近百年了

俄羅斯的命運正如醉先知的預言
把這番話記錄成文的那個人呢
曾親自赴俄羅斯，以身試太陽
目擊太陽是怎樣絕滅思想的
這，不過纂作一則盡人皆知的史實
泛舉開來，半個地球成了廢墟焦土
英國先知飲恨而逝後的第十八年
德國先知寫了一本尖酸刻薄的書
《西方之衰落》，噫，西方之衰落
早在博瑪舍的笑鬧中已露不祥之兆
沉者沉，浮者浮，沉者浮，浮者沉
文化發源地的愛琴海島國
又添了悲劇喜劇的垂世典範

希臘教育部任命神學家當哲學教授
該校校長為了抗議憤而辭職
此舉造成希臘學術界的大震撼
柏拉圖曾經講學的橄欖林
已變成破爛骯髒的公園
最近可能闢為籃球場以收取租費
希臘目前每年有五十多個哲學系畢業生
都坦然承認他們沒有讀過那些原典
柏拉圖的亞里斯多德的或笛卡爾的原典
希臘教育主管機關和社會的整個趨向
認為最要緊的是教育工具的如何充實
包括椅子桌子的添置和修理等等
（希臘真不愧為「人類的永久教師」）

熱腸的先知和冷血的先知分別預言
說得別人沒有插足插嘴的餘地
旅遊事業各大公司廣告滿天飛
世界各國風光旖旎交通迅速食品豐富
名勝古蹟燦爛輝煌，話是都不假的
羅馬車站可謂大矣，人潮洶湧，我將滅頂了
千萬只箱包的狂瀾中竄向問訊處
排半天隊，所得市內地圖一份
旅舍在哪裡，答：明天吧今天全滿了
「馬埃嘎」，久聞羅馬治安極差之大名
車站度夜，不勝誠惶誠恐之至
只好花錢把自己扔在通宵酒吧裡
西半球最熱門的旅遊圈是如此

東半球的奇蹟首推萬里長城
要領略莽莽蒼蒼的雄姿霸氣
當擇凌晨拂曉眾生皆睡的那一刻
白日裡密密麻麻爬滿了五顏六色的人
沒有吃的喝的，有也不堪入口
沒有方便之處，有也還是沒有的好
那裡尿糞氾濫惡臭沖天人間地獄
作為長城之要素的碩大秦磚（磚大如床）
不斷被人拆去充作壘屋起灶之良材
報上呼籲了，拆磚人祖孫三代不看報的
誠如訣別死者，沉沉奄奄了幾個月
終於生機漸萌飲食知味的那個男人

或如經醫師同意並祝福，梳洗一靚
緩緩步出病院但覺花葉蒨明的那個女人
當此際，啟曰：為了世界，使這個世界
從殘暴汙穢荒漠轉為合理清淨與隆
請您獻出您的一莖頭髮，謝謝您
然而不可問，不能問，如果有誰問：
「一莖頭髮就夠拯救一個世界嗎」
完了，五十億莖頭髮全部失效，作廢
可曾記得審問拿撒勒人的那句話
「真理是什麼」彼拉多重複重複這個警句
（摸著鬍子，他不需要得到答案）
不停不停一直問到二十世紀暮色蒼茫
我木立在講壇上，薄明的大廳闃無人影

及地的長窗外的海藍的天，啊講題
講題是《為了世界，請您獻出一莖頭髮》
大廳的底壁鑲著威尼斯製的巨鏡
黑檀木的講臺對鏡而設，我站著
只見上半身，從巨鏡中面臨空廓的大廳
我們是否都有點像石階旁的紙袋空罐
風能吹得動的便飄一陣滾一會
此外，薄的學士滑亮的碩士人造纖維的博士
還不如把櫻花的散瓣灑在頭頂的好
認命不認輸就已經很不錯了
佛蘭克林的靴子的價格是幽默的
跛舊公園是拉斐爾畫過的雅典學院
大廳空著，每個時代眾說紛紜之後

都以幾則警句來作為鐘樓塔尖
本世紀遲遲不出警句，臨末
警句來了，我們「只有一個地球」
二十世紀的俏皮話皮而不俏

海德公園東北向的「自由論壇」
這個大名鼎鼎的「演說角」
要到何年何月才成為可笑的記憶
站在肥皂箱上演說像是肥皂推銷員
現已進化到自製輕便小講臺
蝸牛殼似地隨身揹來揹去
和平主義者，禁酒宣教師，女權論
星相家，賽馬迷，登高一呼，有人圍攏來
打諢，調排，噓之，詰之

我像繞道好望角似地繞過演說角
人就是這些人，再繞也繞不過這個球
俏皮話和老實話要說的是一個意思
「一切都已過去，一切都將過去」
大廳，巨鏡，黑講壇，不見了
草坪，石階，裸男裎女也不見了
我已走到哈德遜河畔，（可不是嗎）
透口大氣，風從樹枝間吹來
沿河南下有一平平小島，其上即自由神像
神像正在修理，不修理不自由了
自然界向來不事修理，也不會偷懶
這一帶的樹木蔥蘢得要成森林了
綠影中傳來誦詩的男聲（我吃驚）

他全身伊麗莎白朝代的裝束打扮
另一個只穿短褲背心的本世紀女人
羚羊似地繞走，連連拍照（啊演員）
他的髮型，髭式，高頸圍，窄袖，緊身褲
縛帶的長襪，翻口的船鞋，無不是復辟
我與他相距十步，四百年時差縹緲之感
他旁若無女人地一心高聲吟詠
雙手擺出優雅入畫的精巧動作
間歇時，手指併緊，五指明顯併緊
按在胸前或腿上（好長的宮庭細腿）
十五十六世紀上流社會的格式哪
以前我對這個細節確是忽略掉了
（原來五指要併得那樣的緊）

我對以往的風尚和習慣，已經荒疏無知
人類曾經像尊奉君王那樣地敬重麵包師
而羅馬人之所以自豪
他們只要有演劇和麵包
而法國之所以比羅馬人更加自豪
他們只要演劇不要麵包
田園裡有牧歌
禁苑內有商籟體
教堂中有管風琴的彌天大樂
市井的陽臺下有懦怯的熱狂的小夜曲
玫瑰花和月光代言了說不出口的囁嚅
海盜三桅帆船壯麗得使人忘了大禍臨頭
啤酒裝在臃腫的木桶裡滾來滾去

一襲新裝流行三年還很時髦
外祖母個個會講迷人的故事
童話小半為孩子大半為成人而寫
媽媽在燈下縫衣裳
寬了點，長了點（明年後年也好穿）
白雪皚皚，聖誕老人從不失約
節日的前七天已經是節日了
然後，黑白灰的寄宿學校
透明的水彩畫，手拉手的圓舞曲
騎術劍術是必修課
（第一次吸雪茄時又咳又笑）
服役的傳令，初試軍裝急於對鏡
遠航歸來，埠頭霎時形成狂歡節

懷表發明之後，時間更乖覺了
正面十二個羅馬字和長針短針
打開背殼，一幀姣豔的肖像
沉沉的落地百葉窗
（縷射的日光中的小飛塵）
拱形柱排列的長廊就此通向天國
百合花，水晶瓶，纖纖鯨脂白燭
鯨骨又作了龐然的裙撐
音樂會的節目單一張也捨不得丟
人人珍藏著數不清的從來不數的紀念品
（日記本有搭扣，可鎖）
木器件件雕花，即使一個不大的房間
也擁有終生看不完的渦形曲線

交通煞費周章，所以旅行是神聖的
緜緜的信都是上等散文
火漆封印，隨馬車絕塵而去

風車轉著轉著
羊群低頭嚙草
騎士挺鎗而過
盔鎧縫裡汗水涔涔如小溪
劍客往往成三
獨行俠又是英雄本色

雲雀叫了一整天
空地上晾著剛洗淨的桌布，褥單
小木窗打開又關上又打開了
兩拍子的進行曲

救火會的銅管樂隊走在大街上
早安，日安，一夜平安
父親對兒子說：我的朋友
你想定要走，那麼願上帝保佑你
少女跪下了：好媽媽原諒我吧
對於書，提琴，調色板
與神龕中的聖器一樣看待
對於鐘聲，能使任何喧譁息止
鐘聲在風中飛揚
該扣的紐子都扣上
等等我，請等等我，我就來
昔時，那時，當時
什麼都有貞操可言，可守

一塊餅的擘分，一盞酒的酬酢
一道橋一條路的命名
一聲「您」和「你」的抉擇
孩童，少年，成人，老者
都時常會忽然臊紅了臉
彷彿說：我是第一次來到世上
什麼都陌生，不懂，請原諒啊
二十世紀焦急了，迅速了，刁潑了
這是一個不見赧顏羞色的世代
紅塵不看自破，了無愧怍，足有城府
心靈是塗蠟的，心靈是蠟做的
「只有生活在一七八九年以前的人
才懂得生活的甜美」

泰雷蘭德真不能算是傻瓜
那麼這真是一個不見赧顏羞色的飆悍世代
那麼我眼前的一泓水不是哈德遜河
水面平明如鏡，對岸，各個時代
以建築輪廓的形相排列而聳峙
前後參差凹凸以致重重疊疊
最遠才是勻淨無際涯的藍天
那疊疊重重的形相倒影在河水裡
凸凸凹凹差差參參後後前前
清晰如覆印，凝定不動
如果我端坐著的岸稱之為此岸
那麼望見的岸稱之為彼岸
種種著名的主義和主義者都在彼岸聳峙

此岸空無所有，唯我有體溫兼呼吸
今天會發生什麼事，白晝比黑夜還靜
大氣煦潤涼爽（一定要發生什麼事了）
漸漸我沒有體溫，沒有呼吸
沒有心和肺，沒手也沒足
（如果感到有牙齒，必因齲痛）
假使覺得有耳朵，定是虛鳴）
我全健正常，什麼都沒有
目不轉睛，直視著對岸
參差重疊的輪廓前後凹凸聳峙在藍天下
要發生的事發生了
對岸什麼都沒有
整片藍天直落地平線，勻淨無痕

近地平線處紺藍化為淡紫
地灰綠，岸青綠
河水裡前前後後參參差差凹凹凸凸
重重疊疊的倒影清晰如故
像一幅倒挂的廣毯
人類世界歷代文化的倒影
與生命同在的文化隨生命的消失而消失
我們得到的是它們的倒影
如果我轉過身來，分開雙腿
而後彎腰低頭眺望河水
水中的映象儼然是正相了
這又何能持久，我總得直起身來
滿臉赧顏羞色地接受宿命的倒影

起風了，河面波瀫粼粼倒影瀲灎而碎
這樣的溶溶漾漾也許更為澶漫悅目
如果風更大就什麼都看不清了

一九八四

夏夜的精靈

因為今晚是個夏夜那麼當時也是個夏夜
將被風議的人曾經住在濃蔭中的屋子裡
於是仍然要從濃蔭中徐徐伊始，
慣說這裡秋天怎樣冬天春天怎樣而夏天
草木更其綠得好像要出什麼事，
學生度假去了教授戶外走走滯緩的步履
在曼哈頓大道上是不諧的衰象在常春藤

學府的小徑上是知識沉澱的重量。
夏天的普林斯頓一幢幢樓一棵棵樹依舊是
一口不必再敲的鐘一個坐著閱讀
金屬新聞紙的金屬人還有一條凡是大學區
就天然會出現不計長短的溫和的街，
商品從來不廉價所以不致覺得有何昂貴難受
沿街櫥窗陳設稀朗無致蒙著淡淡的塵粉
玻璃翳一層如果沒有也並不就好的私淑疏離，
那是指粗呢男上裝單件的春秋咸宜的男上裝
向來配之法蘭絨褲或燈芯絨卡其褲也可以
晝間便服上課穿旅行穿大學生最為適齡，
基本色調是灰然後青灰栗灰紫灰
然後青灰為主則夾入栗灰紫灰，然後

紫灰亦可為主那麼栗灰青灰從而輔之
或斜紋或直楞或十字織或人字織有何可笑，
可笑的是父親舅舅父親的舅舅和舅舅的父親
如果他們大學時代的上裝還保存在箱櫃裡
它們就是這樣的配色這樣的織法，
可笑1是此類配色織法何以代代流行
人人引為新穎時髦2是比較每時期配色織法
乍看頗相近似細辨很不盡然3是距今愈近
愈見配色交織的機巧恣肆4是裁剪款式縫工
變化改革是在冥潛中悄悄地漸進
從未見剛愎自命不凡決裂性的突然轉向，
遠眺的縱觀是諸範例周而復始卻非世襲原樣
各自增添點減少點誇耀點含蓄點不止不倦，

亦有明明劣敗的範例竟會流行一時
流行過了才看出誕謾當然已經是前塵舊夢了。

普林斯頓小街的櫥窗中的粗呢男上裝
雖則四十年前六十年前也是青灰栗灰紫灰
貼袋線袋狹領闊領單叉雙叉兩鈕三鈕，
雖則都脫離不了去之又來僵而復甦的總譜
無疑愈變愈伶俐愈容易過時愈不求耐穿
以示了悟服裝莫須傳代那是平民皆知的明哲，
不諱言確是比父親舅舅和父親的舅舅的
霉了蛀了樟腦味刺鼻的紀念品要舒服漂亮多了，
就只愛因斯坦不修邊幅是因為早晨沒有名望
穿著講究也無人注意中午聲譽既大事煩食少

傍晚有種種軼事在背地裡飄搖起來，
說什麼層次過於繁複的芸芸眾生只聽俏皮話
箴言者無非實心話俏皮說才會昔在今在永在，
所以每天都是耶誕節每天都是愚人節
上午清掃愚人節下午耶誕節的鐘聲飛揚
節日中品評不定的是物理學家和其他學家
如果後來未必藉藝術品亦當作藝術家論
才是本世紀最難忘懷的智者中的尤物。
普林斯頓附近的松鼠野兔浣熊和泡菜壽司
不算有學問而樓的投影樹的佈葉很有學問
愛因斯坦的髮和臉煙斗和羊毛衫很有學問
學問的樣子凝聚為道德的樣子酥化為慵困
他老了寧可被窗外路人反諷為猶太迂聖，

物理不復在懷他日益縮小軀體縮成一句話
工匠把這句話銘刻在演講廳的壁爐上方
逗得見者大為動衷「真理並非不可能」，
一句話被精緻雕鑿起來勢必成了一個彌撒
做罷彌撒步出演講廳遊目於諸樓之外觀
那牆面糙石也是青灰栗灰紫灰的複雜混合
服裝商與建築師不謀而合得如此之早
早知智慧的表象無以從黑白無以就三原色。
去年用過的筆記本今年翻到了那麼一行
法國人大體上知道自己說的話是什麼意思
自忖去年不可能竟有這樣輕率的判斷
當愛因斯坦讚美起法國人羅曼・羅蘭來的時候
中國人只好離開客廳到走廊上去暗笑抽菸。

普林斯頓唯一通道略具中古經院遺馨
入口的拱形門楣上有石質高肉浮雕人像
浮雕頭頂皚皚白色是新積的或殘剩的雪
俄而辨識這夏季的雪實乃鴿糞的宿垢，
雪與糞恒分兩個概念可見錯覺仍屬於感覺
那句銘在演講廳壁爐上方的箴言之所以
引人動衷是否僅僅由於隸屬感覺的錯覺，
相繼經過這壁爐前的人肅穆凝眸覃思
有誰知曉「真理並非不可能」是第二句
第一句不見了除非出現在別的壁爐上方
那就未必是猶太族高盧族華夏漢族說的了，
任何演講廳的壁上拒刻一句愚蠢殘忍的話
懷著這句話施施然步出浴入仲夏陽光薰風中

芳草如茵行過校長的住樓校長後來不住在裡面。

如茵芳草徇著石階伸向小小花園不會有
愚蠢殘忍的話僻匿在以「遠景」為名的園內
噴泉作中心畦圃於是環形分支成婉蜒幽徑，
神異的是四周群植的綠樹協力來營造喬象
園子小小周圍直聳的樹就表示很高陽光要從
樹頂射下來散在噴泉上這樣整個園子就很亮，
周沿森森林藪巨屏似擋著很像外面沒有陽光
外面很暗很荒漠唯獨花園實在很清晰而葳蕤，
夏季草花中雜著原係春事意猶未央的姹紫嫣紅
小孩和媽咪爹地在畦圃幽徑間移動叫喚
為主的仍是叢叢簇簇穗穗的夏令草本花，

花的第一性是色別的顏彩比不上才叫做花
此時普洛斯佩小園反而像夏季才是花的盛期
春天何能如此時的卉木蒼翠得發烏發暈
所以陽光故意銀亮地射下來也不致耀目，
園子處於窪地石級不多也已經明顯窪地了
上有方方的敞軒從園中回望便需稍作仰視
三面透底的玻璃牆內的人的腳都看見，
幾許男士端坐長桌邊於是桌布潔白極了
隱隱綽綽飲酒交談狀如靜待什麼出現
真的出現披紗曳裙的女子從這端步到那端，
應是婚禮或禮後慶宴隔著玻璃更其勿聞聲息
和箴銘同樣的並非不可能結婚並非不可能，
同樣前有一句或後有一句是很愚蠢殘酷的

新郎新娘矢不吐露猶太人法國人都這樣
中國人大體上都知道自己不說的是什麼意思，
愚蠢的殘忍的話被修長蒼翠的樹屏擋在外面
至此陽光便異常銀亮毫不刺眼從樹巔灑下來
猶太旋律說「並非不可能」陽光率領噴泉
花卉孩子媽咪爹地新娘新郎並非結婚不可能
真理並非不可能統一場並非並非不可能
夏天的夜晚四顧無人擦一根火柴並非不可能。
另一句以德文刻在瓊思樓中的猶太旋律
宜於作演講廳內的箴銘的莞爾注腳
「上帝是狡黠的但祂並無惡意」
阿奎那・托馬斯的書置於天平儀的一端
另一端取薄紙寫上這個用德文作的猶太旋律

單憑狡黠惡意兩詞的分量已夠壓下來不動了，
這又何能開脫脥霎眼睛暗遞諷嘲的嫌疑
猶太迂聖是狡黠的但他並無惡意亦何能自解
徒使別的狡黠者引上帝為同調而偽裝無惡意，
即使是黑格爾邏輯學中的那個賣雞蛋的婦人
自以為有法子能使上帝歡歡喜喜買走臭雞蛋
好了罷每天都是聖誕節每天都是愚人節。
此時普林斯頓夏色未闌白晝蟬嘶入夜寧靜
愛因斯坦點燃煙斗要用的那種木梗火柴
明月當空林藪中的暗屋火柴劃亮又吹熄了，
紙片七頁燒三頁留四頁或燒四留三都是狡黠的
七頁紙上的方程公式符號一旦落入魔王之手
小花園孩童媽咪爹地新郎新娘粗呢上裝全不見了。

七頁紙片非毀不可留給五千年後的信非寫不可
怎敢把紙片密藏在銀行保險櫃中約定何年公開
各國間諜都將力奪智取這道現世最大的靈符秘籙
狡黠的國王們發誓攫取這把無門不開的金鑰匙。
紙片捏皺成團抛入壁爐一個先燃很快延及其餘
七個紙團同時竄起火焰同時萎落為灰燼。
童話中的精靈和仙子每當夏夜明月東升
飛來飛去漫遊巡禮窺見一個蓬髮的老人
老得夏天也要生火爐因為精靈仙子很好奇
喜歡隨時發問祂們從來沒見過夏天壁爐生火
閃亮在普林斯頓夏天的壁爐也並非不可能。

一九九〇

維蘇威燼餘錄

舅父當時在彌塞努姆指揮艦隊
是日休憩，行罷日光浴沖過涼水
側身躺倚榻上，飲用稍遲的午餐
母親進來說（八月廿四日七時許）
你快出去看，有一塊雲太奇怪了
舅父穿鞋急急登上屋後的高處
雲從維蘇威山頂升起（後來才知道）

它的形狀與松木的樹冠最相似
無數枝條向四方蠕蠕伸展不已
忽而白如乳漿忽而烏黑混濁
好像把泥濘和塵埃攝挾騰空
舅父傳令準備小型快艇，並說
你如果想去，也可同行，（我不）
他剛給我一件寫作的事要完成
這時巴蘇斯之妻雷克蒂娜來信了
猝臨的災難使巴蘇斯驚慌失措
（他的莊園正處於那山腳下
除了乘船別無生路可循）
舅父當即放棄學者的觀察計畫
勒命四層槳的艦隊全體起錨

親自督陣，此行不僅解巴蘇斯之困
且為援救那裡無辜的稠密居民
艦隊開走後，我回家伏案寫作
近幾天都有地震，不甚強烈
在坎佩尼亞地震早就慣常了
夜間，母親高喊著衝進臥室來
我已起床，正想去叫她（一切在晃動）
都要顛倒了，我們走出屋子
空地使家宅和海岸隔開
不知是善自鎮定還是天生魯鈍
我已十八歲，此時繼續做著筆記
讀這卷提圖斯・李維的《歷史》
一位舅父的朋友（他從西班牙來）

責怪母親放任她的兒子，掉以輕心
已是八月廿七日早晨了，那麼幽黯
房屋前後左右搖擺，我們定睛呆看
雖然身在空地，怕它朝這邊倒塌
決計棄家出城就此徒手走了
背後一片腳步聲，踉蹌的人群
他們信從別人的意向勝於自己的主見
路上的災民推推擠擠愈走愈洶湧
我們曾叮囑大車跟隨，切莫岔散
波動的地面使輪盤朝別的方向滾去
海水被震得退縮了，海岸擴大了
水族生物擱淺沙灘像一片垃圾
熱浪衝擊空氣，把雲層撕裂又吸攏

那西班牙來的客人對母親厲聲說
倘若這時候你兄弟還活著會怎麼想
他必是要你和你的兒子趕緊逃遁
我們答道，在得到舅父的消息之前
自身安危我們不考慮，你快快奔吧
少頃雲翳降下籠罩卡普雷安島
蓋住海面，彌塞努姆倏然消失了
母親勸告，責令，哀求我立即亡命
我年輕能跑，她衰老無力別連累我
我說不和她一起活，我不想活
拉著她手加速步子（她奮起疾走）
空中落下灰燼……猛回首
身後陰霾滾滾而來，我叫：母親

趁還看得見，且到路邊躲一躲
要不跌倒了就要被眾人踩死
剛坐地，黑暗撲過來，視覺頓失
婦女哀哭，孩童驚喊，男子呼號
各人憑聲音搜尋父母夫妻兒女
有的悲傷自己，有的哀哭親人
有的害怕死亡而其祈求立斃
俄而天空變亮些，不是陽光是火光
火光淡下，又淪入黑暗（灰燼灰燼）
我們時時站起來抖掉滿身的灰燼
這樣才不致埋沒窒息而死
濃霧終於減薄，如煙似雲散去
真實的白晝出現，日暈高高在天

光度昏弱像蝕夕所見那樣
人們惶惑地瞪著面前的異像
世界全覆蓋了一層厚厚的白灰
我們回到彌塞努姆，稍事盥洗
地震在繼續，恐怖的預言流播不止
那方，舅父的艦隊駛近維蘇威山
他口授，記錄目擊的災情實況
灰燼夾雜浮石紛紛而下，愈密愈熱
還有烏黑沸燙的熔岩似大雨般潑灑
前面的淺灘被崩墜的岩塊擋阻
無法登岸，舵手主張就此掉頭返航
舅父凝了一凝神，對舵手朗聲道
命運護佑強者，駛向蓬波尼阿努斯

蓬波尼阿努斯駐紮在斯塔比埃
災情擴張迅惡（事已迫至眉睫）
全體整裝待發，只等風向轉變
風向對於舅父的艦隊正是所需
駛到那裡，搶步抱住了這位副將
用自己的鎮定來減輕他的恐慌
舅父和他同浴，躺在榻上用餐
裝作興致勃勃，或者確是如此
反正都令人欽佩他，臨危不懼
維蘇威山到處大火熊熊強光燭天
入夜更顯燁煌……（舅父睡了）
通臥室的院裡飛燼浮石愈積愈高
舅父被喚醒，再不出來門將堵塞

在戶外，大家以巾縛枕頂著禦石雨
決議去海邊察看能不能啟航
海面仍是狂濤滔天風勢全無改變
舅父躺在帆片上不停地向人要涼水喝
烈火將臨的硫黃臭味逼使大家轉身
舅父扶著兩個槳手從帆片上站起
又倒下，火山氣流阻礙了他的呼吸
當白天再來時，人們圍著的已是遺體
他穿著原先的服裝，完整無損
更像是熟睡，而不是永遠消逝
母親和我在彌塞努姆等候，茫無所知
我向你敘說，都是眼見的，以及
別人記憶猶新時對我反覆陳述的

到此停筆了，寫信是一回事
寫歷史是另一回事，給朋友敘述
是一回事，給眾人敘述，又是另一回事
（再見）

埃特魯里亞莊園記

這裡冬天非常寒冷
桃金鑲橄欖受不了的
桂樹經得住，還很茂盛
也有見萎，故不及羅馬那邊多
夏日涼爽宜人，風總是吹來
時或途遇耆老，絮語古昔事
這裡真可謂天然的圓形劇場

（平原遼闊，群山環抱）
峰頂的密林堪稱行獵勝境
樹木順坡而下，斫伐是容易的
（說說罷了，沒人想要去做）
林間隱著丘陵，土層深厚肥沃
仔細尋找也難有一塊石頭
稼穡收成好，只是熟得晚些
葡萄在山麓肆意緜延垂子
低矮的灌木，阡陌般埂穿其間
斜落及地，方是草坪和田疇
要健壯的牛結實的犁才能耕耘
翻起的土塊要耙九次才鬆散
草坪上鮮花怒放斑斕眩目

酢漿三葉兒青嫩似昨夜新茁
溪水灌溉著，從來不乾涸
有幾處水量充盈亦未漚成沼澤
是那坡度使溪水無從滯留
（緩緩流入苔珀河裡去了）
河上日夜航船，穀物運往羅馬
冬春兩季如此，入夏水位速退
秋漸深，苔珀河又漲得洋洋然
佇立山頭俯眺，不是一般的村景呵
我的莊園坐落在小山腳下
背後是亞平寧山脈，與莊園很近
晴和天氣，風從嶺上掠過來
柔柔茸茸，風也長途乏力了似的

莊園大部分朝南，陽光不速而至
（夏季六點鐘這裡是正午）
如果冬天，陽光更早些普照
灑遍寬敞迴廊，柱子投影甚美
廊前町圃各色花卉由黃楊間隔
再過去是畦壟，長著苕莨和別的什麼
曲徑迂繞，常綠灌木修剪定型
保持與園丁一手高，黃楊也這樣
迴廊起端是餐廳（突出著）
餐廳憑窗，便見茫茫的跑馬場
差不多正對迴廊中央，有組起居室
自成院落，四棵白楊佈葉聯蔭
綠影下噴泉發著瀟瀟脆響

溪水流滿淡青雲石的方池，溢著
溢出來的都歸於樹根草根
居室中的一間臥房故意不透光
不透音，燃著修長的白燭
隔壁是家常便宴的小廳
另有一間臥房藏得更深更靚
半明半暗，壁上鑲嵌五彩石子
是無數珍禽瞑棲枝頭的圖案
房心亦置泉池，許多細嘴朝上噴
更如切切私語晝夜不息
三張軟榻的餐室是在迴廊那一翼
冬季此室最暖，陽光燦若明錦
（若遇陰晦，地爐放出熱量）

地爐間隔牆為沐浴更衣室
順臺階而下，浴所三個，井兩口
在溫波中沉浸得酥慵了
起來，提汲井水沖淬身心
更衣室上層的健身房不好算小
仰望蒼穹，俯瞰莊園全景
時而明於日光中時而暗於雲影裡
更衣室底層是地下健身房
空氣流通（風吹不進，不需要風吹）
風吹在跑馬場周圍的白楊林間
常春藤總要纏著每株白楊
沿了枒杈向鄰樹攀緣不止
空隙便由矮黃楊和月桂補了

筆直的跑道，逕達廣場盡頭
而後拐個半圓的彎，景色隨之大變
龍柏高聳，黝森如偷匿一局夜色
半圓形的跑道再分若干小徑
陽光好像用力擲在泥地上
紅薔薇、黃薔薇，鮮妍芬芳
（駐足憩息……多麼好）
但半圓形的跑道旋過去就又直了
岔成多股，向前，顯得無窮際
路與路之間立滿黃楊，修剪為字母
用以綴合園主的名，園丁的名
跑馬場另一頭設有結晶石的長椅
（其上葡萄的枝葉童童如蓋）

老藤虬結，四根卡里托斯柱撐著
溪水從椅後徐徐淌到前面來
淌到石桌上精磨的石盆裡
杯盞和盤碟浮汆著
佳肴作船型、水鳥型，沿邊漂移
結晶石長椅對面又有一間臥房
入內，還有供白晝解困的祕室
緞面睡具，玲瓏窗洞，悄然屏息
葡萄藤向屋頂攀，攀過屋脊
躺在榻上宛如置身林中
（沒有林中的潮霉味）
如果不嫌嚕囌，我還可提別的
希望藉此與你一同觀賞

我這樣也是受感情的驅使
幾乎全由親手營造，眼看它們完成
（不管對不對，我向你說
荷馬用了多少行詩去描述武器
維琪爾也不免這樣累贅從事）
我喜歡埃特魯里亞莊園並非糊塗
是這裡更悠⋯更寂⋯更凝⋯⋯
（用不著長袍，附近沒人來邀請）
澄藍的天，空氣純淨，心與身合一
讀書如品酒，狩獵強健體魄
傭僕亦比在他處更勤敏
到目前為止，凡隨我來的
說句吉利話，沒有減少一個

諸此毋勞遠念，謹頌安禔

蓋・普林尼（Pliny the younger, 61-113），他的風調高華的演說辭，即使全部傳下來，後人也漸漸難於感應其好處——就像普林尼料到總歸要如此，他不大在乎演說辭，卻很留意自己的書信集，親手整理成帙，是下了一番功夫的。今歲平安夜風雨淒其，翻書翻到那十卷（普林尼自纂其九，其十係他人所蒐），在二百四十七帖中，我擇了致彌提烏斯的之一，致塔西陀的之二，試加分行、斷點、叶韻，刪之增之蘧蘧結體——當此際，從前一直認為普林尼簡樸流利的文筆，竟不斷發現廢詞冗句，或者更可以說，我們平時在書信中，原是靠許多廢詞冗句來使人感到親切的——生活，藝術，連真是連在一起，事真是兩回事。普林尼當時是真口袋裡裝真東西，我則可以用假口袋，裝真東西，他的筆致好起來時實在珠圓玉潤，我盡鑲嵌工匠的心，生怕斲傷它，又不免要略施切割琢磨的伎倆，某些環節，我技窮了，只好用自己的東西墊上，也是這些地方，最有相視莫逆的樂趣。蓋・普林尼，意大利科穆人，出身貴族，父早亡，隨母赴羅馬與舅共居，少年習詩，十四歲作悲劇，十九歲在羅馬廣場發表演說，二十歲位至行政長官，三十九歲任執政官，四十九歲為皇帝的代理人——功名利祿，始終亂不了他對文學的貞愛。才幹貢獻當代，心情留給後世。

一九八八

木心作品集

巴瓏

作　　者　木　心
總 編 輯　初安民
責任編輯　何宇洋　施淑清
美術編輯　黃昶憲　林麗華
校　　對　何宇洋

發 行 人　張書銘
出　　版　INK 印刻文學生活雜誌出版股份有限公司
新北市中和區建一路249號8樓
電話：02-22281626
傳真：02-22281598
e-mail：ink.book@msa.hinet.net
網　　址　舒讀網http：//www.sudu.cc

法律顧問　巨鼎博達法律事務所
施竣中律師
總 代 理　成陽出版股份有限公司
電　　話　03-3589000（代表號）
傳　　真　03-3556521
郵政劃撥　19000691 印刻文學生活雜誌出版股份有限公司
印　　刷　海王印刷事業股份有限公司

港澳總經銷　泛華發行代理有限公司
地　　址　香港新界將軍澳工業邨駿昌街7號2樓
電　　話　(852) 2798 2220
傳　　真　(852) 2796 5471
網　　址　www.gccd.com.hk

出版日期　2012年8月　初版
2018年9月25日　初版二刷
定　　價　340元
ISBN　978-986-5933-14-2

國家圖書館出版品預行編目資料

巴瓏／木心 著；
--初版，--新北市中和區：INK印刻文學，
2012. 08　面；　公分.
ISBN　978-986-5933-14-2（平裝）
851.486　　101010550